# 文豪悶悶日記

荒木優太
住本麻子

自由国民社

# はじめに

近代文学といわれて、みなさんはなにを思い浮かべるでしょうか？　きっと夏目漱石の『こころ』や太宰治の『人間失格』、宇佐見りん『推し、燃ゆ』といった小説なんじゃないかと思います。

でも、これってよくよく考えてみると不思議なことですよね。だって、文学のなかには詩歌や童話、対話篇や戯曲（演劇）、ときに批評・評論が入っていても全然おかしくないのに、それをイメージするときはいつも小説のほうにひっぱられてしまいます。なのに、というべきか。私の理解が正しいのならば、文学のなかで小説こそもっとも入門するのに難しいと思うのです。

難しい理由はたくさんあります。まず長尺なものが多いですよね。プルーストの『失われた時を求めて』なんて文庫本で十三巻くらいにもなる本当に馬鹿みたいな分厚さで、なんでみんなしてあれを褒めるのかといったら、あれほど長いんだからきっとなにかの頑張りがあふれているに違いない、なーんて読まずにテキトーかましてるんじゃないかしらん……などと若いときはよく考えたものです。

これといった類型がないというのも考えものです。「桃太郎」では正義の味方の桃太郎が悪の化身である鬼をやっつけます。もう少し難しい言葉で言い換えるなら、勧善懲悪です。昔話のパターンの一つです。なのに、近代の小説にはそういうものがありません。あるときは恋のライバルになった親友が自殺してしまって罪悪感を覚えたり、別のときにはカフェーの女給を引き取って自分好みに育てたはずが逆に彼女に服従していくようになったり、はたまた、ただただ小動物の死ぬさまにジーンとしただけで終わったりします。

法則らしい法則がありません。これではとっつきにくいのも無理ありません。

そんなとき、私は若い頃からちょっとした裏技、チートみたいなものを使っています。特に文豪とも呼ばれる、歴史上に名が残る文学者の作品にハジメマシテするときには、まずその個人の全集（漱石全集とか太宰全集とかですね）の後ろのほうの巻、なかでも「随筆」や「雑編」の巻を借りてきて、まずはここから読み始めるのです。

これがいいのは第一に短いこと。読み終えるのに手間はかかりませんし。数をこなすことができます。数をこなせばこなすほど、その人の使う言葉の傾向が体感的に分かってくるのです。なじんでくるのです。第二に作者の考え方やものの見方がかなり直截に吐露されています。随筆の欄は多くの媒体の場合、かっこつけるほどの気負いのなかでは書かれませんし、雑編のなかに収められたりしている日記やメモ書きのようなものはそもそも公開しようとする意志すらないわけです。そういう素の言葉を読んでから小説の言葉に当たってみると、アラ不思議、あれほど固い殻に覆われていたものの中にすっと入ることを許されたような歓迎を覚えます。

雑文を繰り返し読んでいると、偉い文学先生といえど、卑近な自分たちと大して変わらない、いや、もっと下らないようなことで悩んだり、苦しんだり、そして喜んだりしているんだなと、驚くようなおかしいような気持ちになります。恋愛、仕事、転職、結婚、子育て、老い、死……悶々は止まりません。文学の材料なんて、決して遠いところまで旅しなくても、たくさん眠っていたのだということに気づきます。それは同時に、みなさんの日常に起きるどんな些細な出来事にも、のちに名作として語られる（かもしれない）文学の種があるということを意味しています。

そう考えてみると、目の前で起こるすべてのことがちょっとキラキラしてきませんか？　等身大の文豪たちはそれを教えてくれています。

荒木優太

# 目次

はじめに……2
芥川龍之介 鷺と鴛鴦……11
太宰 治 悶悶日記……17
岩野泡鳴 樺太通信（抄）……27
横光利一 自慢山ほど……35

田村俊子　恋した女先生　43
林 芙美子　古い覚帳について　49
小林多喜二　「下女」と「循環小数」　63
樋口一葉　よもぎうにっ記（抄）　71
田山花袋　雑談のおり　81

夫婦が作家である場合
宮本百合子 …… 87
たそがれの味
泉 鏡花 …… 99
人の子の親となりて
坂口安吾 …… 105
入社の辞
夏目漱石 …… 115
巴里のむす子へ
岡本かの子 …… 123

「泉」を創刊するにあたって
有島武郎 …… 133

酒とドキドキ
江戸川乱歩 …… 141

児を亡くして
与謝野晶子 …… 151

長谷川辰之助
森 鷗外 …… 159

列伝
国木田独歩 …… 177

墓　正岡子規 …… 183
おわりに …… 198
出典 …… 201
参考文献 …… 204

# 鷺と鴛鴦

## 芥川龍之介

俊英文豪のキモい女性観!?
若き夏の日の一コマ。

# 鷺《さぎ》と鴛鴦《おしどり》

芥川龍之介

　二三年前の夏である。僕は銀座を歩いているうちに二人の女を発見した。それもただの女ではない。はっと思うほど後ろ姿の好《よ》い二人の女を発見したのである。

　一人は鷺のようにすらりとしている。もう一人は――この説明はちょっと面倒である。古来姿の好いと云《い》うのは揚肥《ようひ》よりも趙痩《ちょうそう》を指したものらしい。が、もう一人は肥《ふと》っている。中肉以上に肥っている。けれども体の吊《つ》り合いは少しもその為に損《そこな》われていない。ことに腰を振るように悠々と足を運ぶ容子《ようす》は鴛鴦のように立派である。対《つい》の縞《しま》あかしか何かの着物にやはり対の絽《ろ》の帯をしめ、当時流行の網をかけた対のパラソルを

**揚肥**　中国の『飛燕外伝』に登場する女性で太っていた。

**趙痩**　『飛燕外伝』に登場する女性で痩せていた。

**縞あかし**　縞柄の夏用高級薄織物。

さした所を見ると、あるいは姉さんに妹かもしれない。僕はちょうどこの二人をモデル台の上へ立たせたように、あらゆる面と線とを鑑賞した。由来夏の女の姿は着ているものの薄い為に、——そんなことは三十年前から何度も婦人雑誌に書かれている。

僕はなお念の為にこの二人を通り越しながら、ちらりと顔を物色した。確かにこの二人は姉妹である。のみならずどちらも同じようにスペイド形《がた》の髪に結った二十前後の美人である。ただ鴛鴦は鷺よりも幾分か器量は悪いかもしれない。僕はそれぎりこの二人を忘れ、ぶらぶら往来《おうらい》を歩いて行った。往来は前にも云った通り、夏の日の照りつけた銀座である。僕の彼等《かれら》を忘れたのは必ずしも僕に内在する抒情詩《じょじょうし》的素質の足りない為ではない。むしろハンケチに汗をふいたり、夏帽子を扇の代りにしたり、爍金《しゃくきん》の暑《しょ》と闘う為に心力《しんりょく》を費していたからである。

しかしかれこれ十分の後《のち》、銀座四丁目から電車に乗ると、直《すぐ》にまた彼等も同じ電車へ姿を現したのは奇遇である。電車はこみ合ってはいなかったものの、空席はやっと一つしかない。しかもその空席のあるのはちょうど僕の右隣である。鷺は姉さん相当にそっと右隣へ腰を下《おろ》した。鴛

**あるいは**　もしかしたら。

**由来**　もともと。

**それぎり**　それっきり。

**往来**　通りのこと。

**爍金の暑**　金属をも溶かすような暑さ。

**姉さん相当に**　（妹に対して）姉らしく。

鴦はもちろん姉の前の吊り革に片手を托《たく》している。僕は持っていた本をひろげ、夏読まずとも暑苦しいマハトマ・ガンディ伝を征服し出した。いや、征服し出したのではない。征服し出そうと思っただけである。僕は電車の動きはじめる拍子に、鴛鴦の一足よろめいたのを見ると、たちまちいかなる紳士よりも慇懃《いんぎん》に鴛鴦へ席を譲った。同時に彼等の感謝するのを待たず、さっさと其処《そこ》から遠ざかってしまった。利己主義者をもって任ずる僕の自己犠牲を行ったのは偶然ではない。鴛鴦は顔を下から見ると、長ながと鼻毛を伸ばしている。鷺もまた無精《ぶしょう》をきめているのか、髪の臭さは一通りではない。それ等《ら》はまだ好いとしても、彼等の熱心に話していたのはメンスラティオンか何かに関する臨床医科的の事実である。

爾来《じらい》「夏の女の姿」は不幸にも僕には惨憺《さんたん》たる幻滅の象徴になっている。日盛《ひざか》りの銀座の美人などはいかに嬋娟窈窕《せんけんようちょう》としていても、うっかり敬意を表するものではない。少くとも敬意を表する前には匂《におい》だけでも嗅いで見るものである。…………

**マハトマ・ガンディ**　インド独立運動を指導したガンディー。「マハトマ」は「偉大な魂」の意。

**メンスラティオン**　ドイツ語のMenstruation。月経のこと。

**爾来**　その後。

**嬋娟窈窕**　あでやかで美しくたおやかなさま。

## イケメン・お坊ちゃまが街なかで女を品定め。勤勉な天才が垣間見せた普通の男の素顔。

キモさマックスで現代ならばセクハラと糾弾されかねないこの文章も、案外、芥川文学の本質をよく示しているかもしれない。二十三歳のとき漱石に激賞され、華々しい文壇デビューをかざった小説「鼻」も、思えば身体的特徴に関するコンプレックスの心理を意地悪く描いたものだったのだから。隅田川を流れる東京は中央区で生まれた芥川は、正しい戸籍名が龍之介か龍之助かよく分からん幼少期を過ごしながらすくすくと成長する。芥川というと虚弱のイメージがあるかもしれないが、十歳以降は割と元気溌剌《はつらつ》。東京帝国大学の英文科に進み、三年のときに漱石が主宰する木曜会という談話会に出入りしはじめた。下人の行方は誰も知らないことであまりに有名な「羅生門」は「鼻」より前に発表されているので要注意な。スーパースタートダッシュをきった期待のルーキーは、芋粥の大食いができなかった話「芋粥」、女だって武士道に生きるんだ小説「手巾《しゅきん》」を立て続けに発表することで、小説家として大きく躍進していく。ただし芥川印は意地悪だけにあらず。電車のなかでわざわざガンディ伝を読もうとする勤勉さ、圧倒的な教養によって古典を現代へと翻案する技術が磨かれた。芥川の初期短編は『今昔物語集』や『宇治拾遺物語』から材をとったものが多いのだ。大正九（一九二〇）年の「秋」あたりから古典の力を借りず現代の一景をスケッチするような作が増えだし、「邪宗門」や「路上」といった長編執筆への意欲も見せるが、完成かなわず、昭和二（一九二七）年に三十五歳の若さで自殺。芥川の現代小説はなにが面白いんだかよく分からないところがあるが（……で？　的な）、これを支える小説観は谷崎潤一郎との〈筋のない小説論争〉を引き起こした。論争のなかで芥川は志賀直哉の「焚火《たきび》」という短編を褒めているが、なるほど、精神が参っていたことがよく分かる。それでも、狂人である母親を回顧した「点鬼簿」にいくつかのフィクション的なあしらいがあることを認めるならば、谷崎とどこまで本当に対立していたのかは疑問の余地が残るところだ。なお、芥川に直接師事した佐佐木茂索、瀧井孝作、小島政二郎、南部修太郎は俗に〈龍門の四天王〉と呼ばれる。なんとか佐々木を倒しても、あとの三人に「くくく、佐々木はわれら四天王のなかでも最弱」とか言われちゃうわけである。

（荒木）

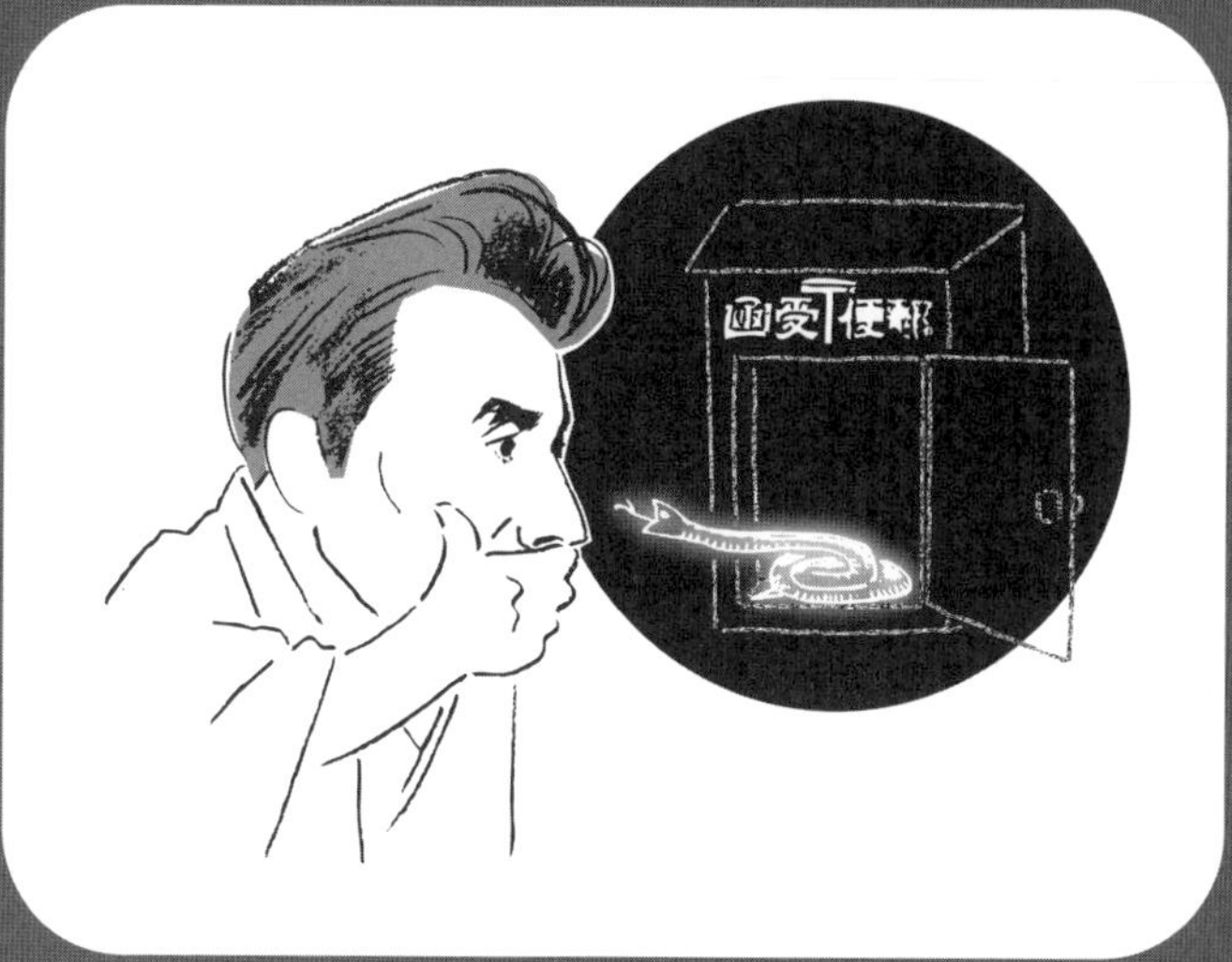


# 悶悶日記

太宰 治

いたずら、苦言、説教、生活苦…
とにかくこの世は生きづらい。

# 悶悶日記

太宰 治

月　日。

郵便受箱に、生きている蛇を投げ入れていった人がある。憤怒《ふんど》。日に二十度、わが家の郵便受箱を覗き込む売れない作家を、嘲っている人の為せる仕業にちがいない。気色あしくなり、終日、臥床《がしょう》。

月　日。

苦悩を売物にするな、と知人よりの書簡あり。

**憤怒**　ひどく怒る。ふんぬとも。

**臥床**　寝床で寝ること。

**書簡**　手紙。

月　日。

工合いわるし。血痰しきり。ふるさとへ告げやれども、信じてくれない様子である。庭の隅、桃の花が咲いた。

月　日。

百五十万の遺産があったという。いまは、いくらあるか、かいもく、知れず。八年前、除籍された。実兄の情により、きょうまで生きて来た。これから、どうする？　自分で生活費を稼ごうなど、ゆめにも思うたことなし。このままなら、死ぬるよりほかに路《みち》がない。この日、濁ったことをしたので、ざまを見ろ、文章のきたなさ下手くそ。

壇一雄氏来訪。壇氏より四十円を借りる。

月　日。

短編集「晩年」の校正。この短編集でお仕舞いになるのではないかしらと、ふと思う。それにきまっている。

**血痰**　血が混じった痰。

**壇一雄**　作家。太宰の友人。代表作は『火宅の人』など。

**四十円**　『「月給100円サラリーマン」の時代――戦前日本の〈普通〉の生活』（ちくま文庫）によれば、戦前のサラリーマンの月給が百円、年収が千二百円程度だといわれていた。またおよその目安であるが、戦前から現代にかけて、物価は二千倍、収入は五千倍に上昇している。この時代の四十円は物価の観点から見れば八万円ほどだが、当時の一般的な月給の四割を占める、今よりも貴重な八万円だった。

月　日。
この一年間、私に就いての悪口を言わなかった人は、三人？　もっと少ない？　まさか？

月　日。

姉の手紙。

「只今、金二十円送りましたから受け取って下さい。何時も御金のさいそくで私もほんとに困っております。母にも言うにゆわれないし、私の所からばかりなのですから、ほんとうにこまっております。母も金の方は自由でないのです。（中略。）御金は粗末にせずにしんぼうして使わないといけません。今では少しでも雑誌社の方から、もらっているでしょう。あまり、人をあてにせずに一所けんめいしんぼうしなさい。何でも気をつけてやりなさい。からだに気をつけて、友達にあまり附き合わないようにしたほうが良いでしょう。皆に少しでも安心させるようにしなさい。（後略。）」

月　日。
終日、うつら、うつら。不眠が、はじまった。二夜。今宵、ねむらなければ、三夜。

月　日。
あかつき、医師のもとへ行く細道。きっと田中氏の歌を思い出す。このみちを泣きつつわれの行きしこと、わが忘れなば誰か知るらむ。医師に強要して、モルヒネを用う。
ひるさがり眼がさめて、青葉のひかり、心もとなく、かなしかった。丈夫になろうと思いました。

月　日。
恥《はず》かしくて恥かしくてたまらぬことの、そのまんまんなかを、家人《かじん》は、むぞうさに、言い刺した。飛びあがった。下駄はいて線路！　一瞬間、仁王立ち。七輪蹴った。バケツ蹴飛ばした。四畳半に来て、鉄びん障子に。障子のガラスが音たてた。ちゃぶ台蹴った。壁に醤油。茶わんと皿。

**あかつき**　夜明け。明け方。
**きっと**　必ず。
**田中氏**　田中克己。詩人、東洋史学者。代表作は『詩集西康省』など。
**このみちを泣きつつわれの行きしこと、わが忘れなば誰か知るらむ。**　この道を泣きながら通った私のことを、私が忘れてしまったならば、誰が知るだろうか。

**家人**　家族。特に妻を指す。ここでは小山初代のことだが、初代とは仮祝言を挙げたものの、入籍はしていない。

私の身がわりになったのだ。これだけ、こわさなければ、私は生きていれなかった。後悔なし。

月　日。
五尺七寸の毛むくじゃら。含羞《がんしゅう》のために死す。そんな文句を思い浮べ、ひとりでくすくす笑った。

月　日。
山岸外史氏来訪。四面そ歌だね、と私が言うと、いや、二面そ歌くらいだ、と訂正した。美しく笑っていた。

月　日。
語らざれば、うれい無きに似たり、とか。ぜひとも、聞いてもらいたいことがあります。いや、もういいのです。ただ、――ゆうべ、一円五十銭のことで、三時間も家人と言い争いいたしました。残念でなりません。

**五尺七寸**　一尺は約三十センチメートル、一寸はその十分の一なので、五尺七寸は約百七十三センチメートル。
**含羞**　恥ずかしいと思う気持ち。恥じらい。
**山岸外史**　評論家。太宰の友人。代表作は『ロダン論』など。

月　日。

夜、ひとりで便所へ行けない。うしろに、あたまの小さい、白ゆかたを着た細長い十五六の男の児が立っている。いまの私にとって、うしろを振りむくことは、命がけだ。たしかに、あたまの小さい男がいる。山岸外史氏の言うには、それは、私の五、六代まえの人が、語るにしのびざる残忍を行うたからだ、と。そうかもしれない。

月　日。

小説かきあげた。こんなにうれしいものだったかしら。読みかえしてみたら、いいものだ。二三人の友人へ通知。これで、借銭をみんなかえせる。小説の題、「白猿狂乱。」

## ガツンとやられる直球の嫌がらせ。悩める若き作家をさらに悩ませたのは…

太宰治といえば暗くてセンチメンタルなダメ人間というイメージだが、この「悶悶日記」はその期待をはるかに上回ってさすがに同情を禁じえない。ここに出てくる『晩年』は太宰の初の単行本なのだが、前途洋々といった感じはなく、明るくなろうという気もない。思えばそれまでの太宰の人生も明るいものではなかった。青森県下屈指の富豪・津島家の第十子、六男として生まれ、修治《しゅうじ》と名づけられた彼は、幼い頃は成績のよい優等生だった。しかし芥川龍之介の自殺にショックを受け、自身もまた高校三年生のときには自殺未遂を起こす。それから左翼の非合法運動に関わったり、カフェの女給である田部シメ子と心中未遂を起こしたりしている（シメ子は死亡）。そして「逆行」が芥川賞候補に上がるものの惜しくも受賞を逃し、審査員の川端康成の選評に激怒して手紙を雑誌に掲載してバトルを繰り広げ、腹膜炎の鎮痛剤として服用したのがきっかけで起こしたパビナール中毒の治療のために入院したのが二十六歳のとき。「悶悶日記」はこの頃に発表されている。本文にある「濁ったこと」というのもパビナール注射のことかもしれない。またこの日記の最後で完成したという「白猿狂乱」だが、実はそのようなタイトルの作品は残っていない。「白猿狂乱」（仮）が掲載予定の雑誌『新潮』の締切に間に合わなさそうだと思った太宰は、別の雑誌『東陽』に掲載予定だった「狂言の神」という小説の原稿を取り返し、当座の締切を乗り切ろうとするという事件を起こす。「狂信の神」を『東陽』へ掲載してもらえるよう尽力した佐藤春夫にこの件で呼び出しをくらった。結局『東陽』には予定通り「狂言の神」が掲載され、締切を半月ほど遅れて『新潮』に送られた作品は「創生記」というタイトルのものに変わっている。この前後にもう一度芥川賞に落ちたり再入院したり、心中未遂したりする。もうボロボロ、しかしそんな太宰にも公私ともに穏やかで安定した日々が訪れる。きっかけとなったのは、石原美知子との結婚だ。「女生徒」や「走れメロス」などの名短編や『お伽草紙』などのユーモラスな作品を次々と発表し、「女生徒」に関してはあの川端康成もまさかの絶賛。とはいえ人間はそう簡単には変わらないもので、戦後、再び太宰は暗黒期へ。『斜陽』のモデルとなった太田静子と付き合いだし、やがて最後の心中相手となった山崎富栄と知り合う。そして太宰治の代表作こと『人間失格』が描かれる。そして昭和二十三（一九四八）年の六月十三日、山崎富栄とともに玉川上水に入水。遺作となった『グッド・バイ』は未完結のまま刊行された。

（住本）

# 樺太通信（抄）

## 岩野泡鳴

女、女、そして女‼
オットセイの群れを眺めて思うこと。

# 樺太通信（抄）

岩野泡鳴

八月十四日。晴。

トマリオロに泊まっている時、宿の天井や壁から黒い小虫がぱたりぱたりと落ち来たり、それが何時《いつ》の間にか蒲団の白い敷布のまわりに一面に集っているので、僕は実に気味が悪かった。毛虫だが、別に刺すこともなく、ちょっとでもさわると、くるくるッと円《まる》まって黄いろい汁を出す。ところが、それは非常な害虫だそうで葦《あし》のような植物のとがり葉を喰《く》い尽す奴だ。早く退治してしまわないと、樺太農業に大切な燕麦《えんばく》、ライ麦等をなくしてしまうだろうという問題が、近頃起って来た。トマリオロでは漸々《だんだん》いなくなったと云《い》うがそれは地下に喰い込んで行ったので、

**トマリオロ**　樺太の西海岸にある地名。

**樺太**　ロシアと北海道の中間に位置する島。昭和二十（一九四五）年までは南半分が日本領となっていた。

**燕麦、ライ麦**　共にイネ科の草で穀物となる農作物。

この虫は地下三尺までも這入《はい》って行くそうだ。して、マオカ南部に至ると、三里にも四里にも渡って、その害跡が現われている処がある。

僕は今日急に内地へ向わなければならなくなった。それも、事業が進むと共に、難局になって来たからだが、ある用件を控えて大礼丸に乗った。しかし、留守中、事業進行の用意だけはして来た。もししばらく帰れないようなことがあったら、一時、樺太通信は中止するが、越年時期には再び渡航するから、樺太越年日記を書くことにしたい。

大礼丸では、三名の漁業家が今年の引き揚げをして小樽もしくは函館へ帰るのに同船した。いずれも僕が旅行中に知り合いになった人々で、今年は儲《もう》けた者もあれば損であった者もあるが、規模が大きい鰊《にしん》業者だけに、いずれも損益が眼中にないような態度である。一等室で話しがはずんでいるうち、船長が東海岸海豹島《かいひょうとう》の話をし出した。同島は、今、膃肭臍《おっとせい》が住んでいるが、禁猟だから随分繁殖し、近頃の報告によるとわずか周囲十二丁の同島に、千八百五十頭いる。監視の官吏が派遣されていてその密猟を防ぎ、獣児の発育を助けている。随分沢山になって来たので、もう入札か、何かで請け負わし、捕獲してもいい頃だそうだ。本

**三尺**　一尺は約三十センチメートル、三尺は約九十センチメートル。
**マオカ**　樺太の町名。
**三里**　一里は約四キロメートル、三里は約十二キロメートル。
**大礼丸**　樺太と北海道の間を運航する砕氷船。
**海豹島**　樺太から少し離れた無人島。
**十二丁**　一丁は約百十メートル、十二丁は約一・三キロメートル。
**官吏**　役人のこと。

年、その島を去るものが、来年になって皆帰って来るか、どうだか分らない。試験のため、先年耳を切って置いたが、監視所から遠眼鏡《とおめがね》で見るくらいでは、実際にその耳が切れたのが来ているか、どうかも分らないのだ。この獣類の習慣として、牡《おす》一匹で牝《めす》を四五頭もしくばそれ以上も保護する。して、その牡の勢力範囲に入り来《きた》って、牝を犯そうとするものがあれば、牡はその敵が自分の子であっても、何でもかまわず、喰い殺してしまうほど神経が過敏になるのだ。この頃では、海に這入って餌《え》を求めることをさえしないで、その身が痩せこけて行くのも知らないでいるそうだ。中には、牝二十頭以上を牡三四頭で共有保護しているのもあるが、そこへ独身者のあばれ者が飛び込み、牝を喰え行こうとすると、それと奪い合いが始まり、激烈な争いになると、その間に歯がたを深く受ける牝が死んでしまうことがある。

膃肭臍の群居している一間《いっけん》ほど近くまでも人が行けるが、うなられるので随分恐ろしいそうだ。大礼丸船長の撮影した写真を二枚もらったが、同獣群居の真中に大分空地があって、そこに大きな別な獣が寝ころんでいるのは海馬《かいば》（とど）だ。海馬は同島に五十頭ばかりいるそうだが、膃

**もしくば**　もしくは。

**一間**　約一・八メートル。

膃肭臍をいじめ抜くので、大害物と思われている。監視者は折さえあらば銃殺するのだ。陸上でもほうほうとうなり猛《たけ》って意張るので、膃肭臍等は恐れてその側へ寄り付かない。海馬も、膃肭臍も、寒くなればいなくなってしまうのだが、その時節にはまた海豹《かいひょう》（アザラシ）の群がやって来てこの島を占領するのだ。

## 欲に正直に生きたっていいじゃない！
## やりたいことは全部やる大忙し人生。

オットセイの漢字が無駄にムズくってへぇー。さらに一夫多妻制でへぇー×2。どこの動物学者が書いたのかと思えば、〈自然主義〉を代表する作家の一人、岩野泡鳴の手によるもの。このエピソードには泡鳴の私情が多分にふくまれている。英語教師をやりながら、新体詩と呼ばれる新時代の詩の書き手としてキャリアを重ねたすえ、明治三十九（一九〇六）年に評論集『神秘的半獣主義』を刊行する。その激烈な人生哲学が説くところによれば、霊と肉（精神と身体）はつまるところ同じものであり、それが最大限に力を発揮するのは、肉欲の肯定の上に立つ刹那的恋愛の燃焼にほかならない。究極の恋愛脳、ここにあり。あるエッセイでは、自分の娯楽は千人の美女をはべらせて酒を飲むことだ、というかなりガハハな夢も語られる。性欲を恥じない姿勢には、若い頃に洗礼を受けたがその後に信仰を棄てたキリスト教への対抗心を読み取っていい。泡鳴がすごいのはそれを言葉の上だけではなく行動にも移そうとしたところ。二十二歳のときに、小学校教師だった竹腰幸《たけのこしこう》と両親の反対を押しきり奪うように結婚。子供を多数もうけるも、三十五歳のときに増田しも江という女性と浮気したと思ったら、婦人運動家であった遠藤清子と同棲をはじめ、世間からは非難の嵐。四十二歳では再び別の女性と関係をもって、またも離婚騒動に発展する。同じこと何回繰り返すのか。その爛《ただ》れた女性関係は、初挑戦に近いかたちで書いて評判になった小説「耽溺《たんでき》」、また発表順と時系列がばらばらでどこから読んだらいいか迷うランキングナンバー1こと泡鳴五部作（『放浪』『断橋《だんきょう》』『憑《つ》き物』『発展』『毒薬を飲む女』）に結ばれる。泡鳴の人生はなにかとせわしない。もともと樺太を訪れたのは蟹の缶詰事業で一山当てようと思ったからで、これとは別に養蜂にも手を出してみたり、「日本音律の研究」という博士論文を書いて学位を得ようとしたり色々やった（ちなみに申請は却下）。大正九（一九二〇）年、腸チフスによって四十七歳で逝去。本名は美衛《よしえ》で、兵庫県淡路島の生まれ。ペンネームの泡鳴は阿波（＝泡）の鳴門から来ているといわれている。

（荒木）

# 自慢山ほど

## 横光利一

スポーツ何でも来い！
物書きだって意外と体育会系だもんね。

# 自慢山ほど

横光利一

何月何日、忘れた。広津和郎《かずお》氏とピンポンをする。僕の番だ。広津氏傍から僕に云《い》う。

「君はピンポンなんかを軽蔑しそうな青年だったがね。そして、ピンポンから軽蔑されそうな青年だったが、非常に健康そうになった。」

僕は自分の自慢をそのとき二つ三つ思い出した。こんな自慢を思い出させたのは広津氏が悪いのだ。僕は中学時代に野球のキャプテンをやっていた。柔道は選手を三年の時からやった。試合に負けた記憶がない。走り高飛びは五尺三寸を飛んだ。まだ僕のレコードを破った者は八年になるがないと云う。徒歩競争は四百米《メートル》なら全校で誰にも負けたためし

**広津和郎**　小説家、評論家、翻訳家。代表作は「神経病時代」など。

**五尺三寸**　一尺は約三十センチメートル、一寸はその十分の一なので、五尺三寸は約百六十センチメートル。

がなかった。水泳は学校の助手を二年した。ピンポンだけは学校にはなかった。教師は僕のことを運動の天才だと云った。こんなことが誇りになれば、こんなことを書き得ることも誇りである。今やってみたいと思うのは馬に乗ることだ。木馬には乗った。これなら馬の上へ三人積んでおいても飛んでみせる。右自慢二十行。まだ忘れた。機械体操なら模範を示すのがいつも僕の役目であった。このため、僕はもっとも体操の教師に愛された。体操の教師にならら今でもなろう。それからまた思い出したが、これも何年何月か忘れた。程遠いことである。まだ僕が学生の時で、ある日文士の野球の仕合いがあると云うので見物に行ったことがある。そのとき一人欠員が出来たので是非見物の中から這入《はい》れと云う。誰が云ったのか忘れたが多分国木田虎雄君だったと思うが誰も知らない僕を引張り出した。僕はベースをもう長らく五年程もしなかったので一寸《ちょっと》やってみたくもなった。やると、その頃文士と云う人を少しも知らなかったが、僕が打つ番になったとき、邦枝完二氏がピッチであった。田中純氏はショートをやっていた。青い脛《すね》にヒゲが生えていて、小腰をかがめてさもうまそうにぴちぴちしている容子《ようす》を見ると、これならまずいと

**二十行**　二十字詰めの原稿用紙に書かれたことがうかがえる。

**文士**　小説家など、文筆を生業とする人のこと。

**国木田虎雄**　詩人。作家・国木田独歩の息子。

**ベース**　ベースボール。野球。

**邦枝完二**　小説家。

**ピッチ**　ピッチャー。投手。

**田中純**　作家、評論家、翻訳家。

思った。久米氏はサードで背広にボヘミアンをひらひらさせ、唇が刺身のような感じがした。竹久夢二氏はどこにいたのかとにかく案外玄人《くろうと》臭い身のこなしで馳《か》け廻っていたのを覚えている。僕がヒットを久米氏の頭の上へ打ちつけた。一挙にして三塁を盗って、四塁へ少し危いと思ったが高をくくって駆け込んだ。ところが、いま一歩と云う所で滑って転んで刺されてしまった。頭に残っている所によると、田中純氏のその時の行動が最も僕を殺すに役立つ敏捷《びんしょう》さを持っていたと思われる。僕が守勢のときはセンターをやらされた。ピッチをやらしてくれたなら打たさせはしなかったのだ。僕は若い頃はアウトカーブが得意であった。これならほとんど自在に出すことが出来たのだ。僕はストライキを練習するとき、四間離れた所から幅三四寸の松の立木に打ちつけて二十発中一度も脱さなかった。ただアウトカーブのコントロールには時々懊《なや》まされた。霧雨《きりさめ》が降るとボールが生物のように狂った。僕は空気銃がうまかった。これも今思うと冷汗が出るのであるが、他家の子供に親指と人差指とで環《わ》を造らせ、二間程離れて僕はその環の中を平気で打った。しかし、その子の指に傷をつけたことが一度もなかった。（あなたの注文は僕の自

**久米氏**　久米正雄のこと。小説家、劇作家、俳人。

**ボヘミアン**　世間の習慣などを無視して、放浪的な生活をする人。ここではボヘミアン・ファッションの服のことと思われる。

**竹久夢二**　画家、詩人。美人画などで知られる。

**敏捷**　すばやいこと。

**アウトカーブ**　打者の外側へ曲がる球。

**ストライキ**　ストライクのこと。なお、この後の文に再び「ストライキ」なる語が出てくるが、こちらは生徒が要求や抗議のために授業に出ないことを指す。

**四間**　一間は約一・八メートル、四間は約七・三メートル。

**あなたの注文は僕の自慢話ではありませんでしたね。**　この原稿は『随筆』という

慢話ではありませんでしたね。しかし、これも広津氏が悪いのです。僕がピンポンに軽蔑されそうだと云われたので、腹が立ったのです。だが腹立ちまぎれに嘘を云ってはいないのです。最近の面白いことを日記体に書けと仰言《おっしゃ》ったのでしょう。だが〕とにかく、久米氏や田中氏は、あの野球試合の日、見ず知らずの青い痩せ細った青年が飛び出して来て、ヒットを飛ばして番狂《くるわ》せを演じたことを、今も御記憶があるだろう。それが僕であったと云うことも、今でも誰も御存知ではありますまい。四五年も前の話である。自慢はこれだけではとても尽きない。自慢号でも出たときのために残して置く。とにかく四枚では何とも仕方がない。誰かオリンピックへ僕を推薦してくれる者はないか。本塁からファーストまで僕は三秒半で駆け得たのである。以上自慢八十行。それからまだある。自慢をすると云うことは、涼しい。自慢を聞き得る者はする者よりも数段豪《えら》いのである。僕は講演を三年間やった。そのため教師に反抗心を流行させると云って叱られた。以降私の学校では講演部がいまだになくなっていると云う。僕はストライキをやった。僕はその学校中で最も乱暴者であったので、生徒は僕の意のままになった。僕は十分間の休み

雑誌の「文壇交遊日記」という特集の一部として掲載された。ここでは編集者の注文に対して言っているのだと思われる。

**四枚**　執筆を依頼された分量（原稿用紙の枚数）と思われる。

**涼しい**　すがすがしい。

の間に十五人を殴打《なぐ》ったことがある。僕は退校させられかけたが、友人達がストライキをやってくれたので卒業することが出来た。自慢からボロを出すと云うことは懺悔のように気持ちが良い。夏だ。涼ませてもらうこととする。終り。

# 根底にあるのは負けず嫌い？
# 畑違いのラブリー自慢大会。

作家の評伝なんかを読んでいると、尾ひれがついたり脚色されていたりして伝説的エピソードが山ほど出てくる。そうなってくると本当かどうかはあやしいのだが、退屈はしないし、読みものとして楽しい。しかし横光利一にはそういった感じが出てこないのである。実際、横光の作品は「自伝風な作品が少」いし、「自分を語ることはつつしんでいるようだ」と、川端康成は語っていた。そんな横光が、広津和郎にたきつけられたとはいえ、半ばヤケクソ風にこれでもかと自慢を並べて書いているのはほほえましい感じがする。ちなみに横光の学生時代の活躍は校友会の会報にも記述があり、ここに書いてあるスポーツ自慢はどうやら本当らしい。他の作家、たとえば林芙美子の年譜がどれもあやしく思われるのにくらべ、横光にまつわる記述は比較的信用できるようだ。横光利一。明治三十一（一八九八）年、福島県生まれ。本名は利一と書いてとしかずと読む。鉄道技師だった父親の都合で全国各地を転々とし、転校が多かったようである。出生地の福島県の記憶もほとんどなかったらしい。十八歳で早稲田大学高等予科文科に入学したものの、長期欠席により退学。しかしこの頃から精力的に小説を発表しはじめ、「日輪」が出世作となる。やがて川端康成や中河与一、片岡鉄兵らと『文芸時代』を創刊し、彼らとともに〈新感覚派〉と呼ばれた。また代表作「機械」は海外での文学運動とも接続して〈新心理主義〉とも呼ばれた。また忘れてはいけないのが横光利一の評論活動だ。横光は〈純粋小説論〉という論を展開し、「純文学にして通俗小説、このこと以外に文芸復興はありえない」と主張する。この〈純粋小説〉、〈四人称〉といった人称を持ち出すなどしていて文学史上でも謎の多い概念なのだが、わかりやすい条件としては長編であることが挙げられている。横光が後年『上海』『紋章』『旅愁』といった長編小説に取り組むのは、この〈純粋小説〉を自ら書いてやろうということだったに違いない。（住本）

# 恋した女先生

田村俊子

遠い日のアオハルよ…
先生と生徒のイケナイ恋模様。

# 恋した女先生

田村俊子

私が十五ぐらいの時、藤川と云《い》う女の先生に熱烈な恋をしたことがあります。これが生《うま》れてから私の、他人を恋《こ》いしいと思うような感情を味《あじわ》った最初です。

それは高等女学校の国語の先生でした。身体付《からだつき》が男のような人で、すっきりとした姿態《したい》を持った人でした。口の大きな、鼻の高い、眼のきりゝとした人で、始終黒い羽織を着ていました。私はこの先生が無茶苦茶に好きで、毎日、この先生の顔を見るのを楽しみに学校へ行きました。学校へ行ってもこの先生が休校の日にでも出っ逢《くわ》すと、まるでふさぎきって何も彼も面白くなくて堪《たま》らなかったものです。家《うち》へ帰って来ても、

**姿態**　容姿のこと。

夜なぞ洋燈《ランプ》の下《もと》で机に向《むか》いながら先生の事を思い思い泣いたりしたものです。不思議なほどこの先生が恋いしくって堪りませんでした。学校にいても運動場なぞに立っている時は遠く、教員室にいる先生の後姿を窓越しに見詰めていたりしました。廊下の途中で先生に出っ逢《くわ》したりする時は、友達に突っ付かれて真っ赤になって逃げ出したりしたものです。友達に『藤熱。藤熱。』と云って始終嘲弄《からか》われていました。先生のことさえ考えていれば無闇に悲しくなって泣くのです。先生のことばかり云っていなければ気がすまないのです。ほんとうにこの先生の為なら自分のすべてを捧げてもまだ足りないほどの熱情でした。

ですから、学校へ行けば、先生の出校を門のところで待ち受けているし、帰りには、きっと先生の帰校するのを門のところで送ったりするのです。

先生の家へもよく行きました。先生の家へ行くと、ただ悲しくなるばかりで話なぞは出来ませんでした。先生に別れて家へ帰ってくる時など、どうしてこの先生と一所《いっしょ》におられないのだろうかと思ったりしたものです。それはどこまでも真面目な一徹《いってつ》な恋だったのです。私はその後今日

**きっと**　必ず。

**一徹**　かたくななこと。

まで、その先生に対したほど一生懸命な幼い恋をしたことがありません。
今考えて見て非常に滑稽で可笑《おか》しいのは、この先生が結婚をして妊娠した時の事です。私はその先生が結婚をしても自分の恋の感情は変《かわ》りませんでしたし、妊娠を知ってもやっぱりこの先生が恋いしくて堪らなかったのです。それでちょうどこの先生が臨月になって学校を休まれるようになってから、私は先生を訪ねた事があったのです。その時先生は大きなお腹をして、括《くく》り枕を抱《かか》えて寝たり起《おき》たりしていて碌《ろく》に話もされませんでしたが、私は無暗《むやみ》と悲しくなって、自分も碌に口もきかずに先生の家を出たのです。外へ出てから私はぽろぽろと涙をこぼしたのです。その悲しみはやっぱり恋するものの哀感だったことを今思うと可笑しいような、自分ながら可愛らしいような変な気がします。まだ幻滅の悲哀を感じるほどに私の心が老《ま》せていなかった事を思うと、擽《くすぐ》ったいような馬鹿馬鹿しいような面白さを覚えます。この先生からもらった写真が今も蔵《しま》ってあります。

**括り枕**　中にそばがらや茶がらなどを入れて作った枕。

## 好きになったら一直線！奔放な美人作家、その恋の原点。

他人様の顔にとやかくいうのは基本的に品のない行為だが、それでもあえていえば田村俊子は美人だと思う。それもそのはず、いっときは文士劇、すなわち文化人らが企画した劇の舞台女優として活躍したこともあったのだから。明治四十三（一九一〇）年には隆鼻術という美容整形手術を受けており、美しさへの執着を読み取ることも多少は許されてしかるべきだろう。俊子の墓石には代表作のひとつ「女作者」のなかに出てくる「この女作者はいつもおしろいをつけている　この女の書くものは大がいおしろいの中からうまれてくるのである」という文句が刻まれている。そんな彼女があけすけにつづった同性への櫻の園的な愛のかたちは、この時代では珍しいレズビアン的な描写をふくむ出世作「あきらめ」に結ばれた。同様に女性同性愛を扱った「悪寒」の背後には、長沼智恵子との親密な関係があったといわれている。智恵子は詩人の高村光太郎と結婚し詩集『智恵子抄』で詠まれることになる女性だ。ただし、要注意。俊子の人生は男たちとのロマンチックな恋愛の数々で彩られている。田村俊子、本名は佐藤とし。東京は浅草に生まれ、女学校を出てからは幸田露伴に入門して文学修行にはげむものの、同門であった田村松魚《しょうぎょ》と出会ってフォーリン・ラブ。この売れない小説家との貧乏生活を描いた「木乃伊《みいら》の口紅」が評判になった。当作の女主人公は舞台女優をつとめるも自分が醜い女であると自虐ばかりして妙に自信なさげ。どうやら松魚は自分の妻がブサイクだと思ってよくいじってたらしい（かわいそう）。その後、松魚と別れ、鈴木悦という妻のある作家と恋に落ち、彼を追ってカナダへと渡航、当地で再婚を果たす。松魚との離婚後は、佐藤俊子の筆名を積極的に使った。鈴木と死別した晩年は中国に渡り、左俊芝のペンネームのもと『女声』という雑誌の刊行に尽力。六十一歳、脳溢血で異国の地にて死去。なお、乱費癖があって借りたカネは返さない。（荒木）

# 古い覚帳について

## 林 芙美子

ホラ吹き作家の徒然なるメモ帳。
何気ない走り書きに真実が…？

# 古い覚帳《おぼえちょう》について

林 芙美子

和綴《と》じの小さい帳面が、もう書くところもなくなっていっぱいになってしまったので、これはまた半紙を買って綴《つづ》らねばならぬと、一人前忙がしい用事を沢山持った人間のように、私は半紙を買って来て、赤い色紙を表紙にして、木綿糸でとじて行くのだが、いったい、こんな覚書きの為の帳面をもう何冊つくったらいいのだろうかと考えても見たりする。こころみに八月から九月のことを書きつけた帳面を展《ひら》いてみると、実に子供のような事ばかりかいてあって、誤字だらけで、早く焼いてでもしまわねばと思うのだが、こんな事を書く私の方が本当の私のように思えて、一人愉《たの》しい気持ちでもあるのだ。

一、徳田先生へ暑中お見舞を出すこと。

きっと、長い間の御無沙汰を何時《いつ》も心にうつうつと考えていたのであろう。赤いまるがしてあるのでお見舞状は出したのに違いあるまいが、私はこの赤いまるをつけた心持ちがうれしくて仕方がない。

二、時事へ随筆十枚十三日までのこと。

人一倍筆が遅くて、何時も締切を一週間もすぎてしまうので、自分で早く仕上げるように、こうして書きつけておくのだが、この時も十三日が二十日くらいになったようだ。笹本氏にお詫びの手紙を書いたように思う。

三、ペータ論集のこと。

四、概観世界史潮のこと。

このような事も書いてある。きっと読んでおくべき本の覚えにつけておいたのであろうが、この二冊とも、まだ二三頁ずつしおりをはさんだまま机の上にそのままになっている。いったいこの頃の私の読書は、とてもむらっ気で、好きで読む本は十年一日《いちじつ》のごとく、フィリップの若き日の手紙と唐詩選くらいで講談本が好きで仕方がない。娘が侍に助けら

**徳田先生**　徳田秋声のこと。小説家。代表作は『あらくれ』など。

**笹本氏**　笹本寅のこと。小説家、編集者で、昭和六（一九三一）年に時事新報社に入社している。

**ペータ論集**　ウォルター・ペイターの論集のこと。『ペーター論集』として昭和六（一九三一）年に田部重治の訳により岩波文庫で刊行された。

**概観世界史潮**　坂口昂の『概観世界思潮』のこと。大正九（一九二〇）年に岩波書店から刊行された。

**むらっ気**　むら気(き)。気分にむらがある様子。

**フィリップの若き日の手紙**　シャルル・ルイ・フィリップの『若き日の手紙』のこと。昭和三（一九二八）年に外山楢夫の訳により岩波文庫で刊行された。

**唐詩選**　唐代の中国の詩を集めた詩選集。

**講談**　日本の伝統芸能のひとつで、軍記物や政談など

れるところや、位高い人がおしのびで人民を助けて歩くと云《い》う類《たぐい》の講談が面白くて、貸本屋をさがしては女中にかりにやっている。映画も、大河内の月形半平太が面白くて、鼻の高い毛唐《けとう》の写真が厭《いや》になった。外国に一年行っていて、私は外国の活動が厭になってしまったのだから、自分でも不思議で仕方がない。

五、文芸へ小説四十枚末日までのこと。

九月の四日に、私は中野の留置場に入れられたので、すっかりこの小説への意図は諦めてしまって、監房にいる間中《じゅう》何も考えずにいたのだが出て来ると、やっぱり追いたてられるような気持ちで「紅葉の懺悔《ざんげ》」と云うのを書いた。何もかも皿の中のものを食いつくしてしまったような気持ちのところへ、このような人の事のような小説を書いたので、今だに気色が悪くて、またまた世の批評家諸氏にだらしがないと云われはせぬかとおどおどしているのだが、まァ長い目で見てもらうより仕方がない。

六、詩をどうしても書く事。

どんなつもりで、「どうしても」と書いたのか判らぬが、その折りは

の歴史にちなんだ読み物を観衆に対して読み上げる。

**貸本屋**　書籍や雑誌を有料で貸し出す店や業者のこと。

**大河内の月形半平太**　当時何作か撮られた行友李風の戯曲を元にした映画『月形半平太』のうち、大河内伝次郎が主演を務めたもののこと。

**毛唐**　主に欧米系の外国人を指す蔑称。

**中野の留置場に入れられた**　芙美子は共産党に資金寄付を約束した疑いで留置されたことがある。

**「紅葉の懺悔」**　『文藝』創刊号（改造社、昭和八（一九三三）年十一月）に掲載された短編小説。小説家・坫太（てんた）の生活を描いた。

うれしかったのか、悲しかったのか、とにかく「どうしても」詩を書くようにしようと思ったらしい。そのくせ何も詩らしい詩は書かなかったが、詩をどうしても書く事の下に、小さく歌十首として、五ツ六ツ近作の歌が書いてある。おかしいのだが、胸熱くなる思いでもある。

美濃紙《みのがみ》の
青葉うつりたるその上に
逢いたく候《そうろう》と小さく書きたり。

◯

ここにもピアノ弾くあり
コロンボの
街のはずれの白き山荘。

◯

この秋も硯《すずり》をすりて
遠きひとに
手紙を書くは愉しかりけり。

**美濃紙**　美濃国（みののくに、現在の岐阜県南部）を原産とする和紙。厚めで強く、障子張りなどに使う。

**コロンボ**　スリランカの旧首都。芙美子は欧州旅行の帰り、コロンボに立ち寄っている。

○
もとどりに赤き花さし
紙を展《の》べ
天に問いたき侘びの日もあり。

○
山鳩《やまばと》の啼《な》く道ぞいに
土埃《ぼこ》り
花火と散りて吾《われ》なつつみそ。

○
眼覚《ざ》むれば秋の風吹く
今日の日も
誰に頼らんこの心かな。

○
眼とじたり瞼《まぶた》開けば
火となりて
涙吾をば焼く思いなり。

**もとどり**　頭の上に髪の毛を集めて束ねた所。たぶさ。
**展べ**　広げて。
**侘び**　静かで落ち着いた趣。

**吾なつつみそ**　私を包んでくれるな。

どの歌も、どうしてこのように切なかったのか、月日がたってみると憶《おも》い出が切ない。

七、九日には軽井沢へ行くこと。

軽井沢では室生氏に逢った。堀辰雄氏に逢った。吉屋《よしや》信子氏に逢った。——室生さんのお住《すま》いは風雅で、私も宿屋なんぞにいるよりいっそここへ住まわしてもらいたいなと思った。奥様は立派な方で、泊めてもらってもお互いに気づかれしてはと、よう云い出し得なかった。離れのおへやの木の色がまだ眼についている。軽井沢は一寸《ちょっと》いいところだ。夜、町を散歩して色々なものを買った。三日程いたようであったが、一週間もいたような気がする。

八、冬着の用意。

あらいはりにはやったがまだ縫えずにいる。ひまがないので虫の音に気になりながらも、誰のも縫ってやっていない。火をおこして鏝《こて》をつっこんで横ずわりに座って、着物をゆっくり縫うひまがほしいものだ。

九、富本さんへお見舞の手紙出す事。

**室生氏**　室生犀星のこと。詩人、小説家。代表作は「あにいもうと」など。

**堀辰雄**　小説家。代表作は「美しい村」「風立ちぬ」など。

**吉屋信子**　小説家。代表作は『花物語』など。

**あらいはり**　ほどいた着物を洗って糊付けし、張り板に張ったりして干すこと。洗い張りと書く。

**富本さん**　富本一枝のことと思われる。作家、婦人運動家。別名・尾竹紅吉。

私と同じような悪運に見舞われなすった故であったろう。
十、本を読む事大切なり。
何のことだか、きっと自分の不勉強をいましめる為の金言のつもりであろう。
十一、川とこだまについて。
これも何のことか忘れてしまった。たぶんそんな雰囲気を持った小説が書きたかったのに違いない。川とこだま、一寸面白いとは思うが、もう月日がたってしまって、今では甘すぎる感じだ。
十二、京都はさよなら。
これはナムアミダブツで胡魔化《ごまか》しておきましょう。
十三、文芸の題を紅葉としたい。
これはもはや出来上って、紅葉の懺悔となってしまった。まことに白《しら》ばくれたもので、鼻の先きをよその風が吹いているような自信のない作品になってしまった。当分寝ころんでまず九日の留置生活を休めるより仕方がない。
十四、広津さんバカ。

**広津さん**　広津和郎（かずお）のこと。小説家、評論家、翻訳家。代表作は「神経病時代」など。

何のことか判らない。好きな広津さんへ、本を上げても返事もくれなかったんで、その日はムシャクシャしたのだろう。広津さんはスキ。

十五、軽井沢行き四十円。

秋になって、また、誰もいない軽井沢に行きたかったらしい。が、ついに四十円の浮いた金が出来ず、私は軽井沢の秋を空想しただけであった。

十六、薄荷《はっか》ひとびん。

十七、ボオドレエルの感想私録。

この頃、花を活けるとすぐ枯れてしまうので楽屋から薄荷をひとびん買って、花の水に一二滴たらしている。机に向かっていると、花の香よりも、水にたらした薄荷の香《にお》いがはげしくて、すぐ枯れても、薄荷なぞつかわぬ事だと諦めてしまった。──ボオドレエルの感想私録を買って来た。小説を読んでいるよりずっと面白い。読むはじからすぐ忘れて、また最初から感心して読んで、忘れて行き、実に奇妙ないい本だ。皮表紙の手ざわりが気持ちがいい。面白い言葉は、「神は醜聞《スキャンダル》である。──もっとも、お賽銭のあがる醜聞である。」なぞ。──

**四十円**　『「月給100円サラリーマン」の時代──戦前日本の〈普通〉の生活』（ちくま文庫）によれば、戦前のサラリーマンの月給が百円、年収が千二百円程度だといわれていた。またおおよその目安であるが、戦前から現代にかけて、物価は二千倍、収入は五千倍に上昇している。この時代の四十円は物価の観点から見れば八万円ほどだが、当時の一般的な月給の四割を占める、今よりも貴重な八万円だった。

**ボオドレエル**　シャルル＝ピエール・ボードレールのこと。フランスの詩人。代表作は詩集『悪の華』など。

十八、行動へ小説二十枚末日まで。
「朝顔」と云う小説を書いたが、発禁のおそれありとて返された。留置場の窓の朝顔について書いたのだが、このくらいのものが発禁になる国は悲しい。一日こじれてしまって、何も出来なかった。だが、作品の出来も悪かったのだろうと諦める。
十九、メリンス一反裾廻《すそまわ》し九尺。
女中に買ってやった袷《あわせ》のことだが、裾廻しを一尺ケンヤクして九尺としたのは、やっぱり、女で、やっぱり主婦で、ああ吐気《はきけ》がくる。
二十、鱶《ふか》の遺書について。
何か、こんな風なものが心にあったのだろう。九日の留置場生活で、ひどく、心弱くなって、消極的な事ばかり考えて仕方がない。字引を見ていると、魚の部で鱶と云う字が一番立派に思える。
二十一、乱酔三日。
雨のせいか、酒ものまないのに心の中が乱酔のあとに似た寒々しさで、どうも、留置場から出て来た私は変調子だ。小説なんか書いてのうのうとしている事が馬鹿臭くもなり、何か大声で本当のことを皆に云ってや

**メリンス一反裾廻し九尺。** メリンスは毛織物の一種で、裾回しは着物の裾部分と袖口裏、衿先についている布のこと。一反は着物一着分で、一尺は約三十センチメートル、九尺は約二・七メートル。
**袷** 裏地の付いた着物。
**鱶** 鮫。

りたい、そんな気持ち。はりつけにされてもいいから、本当にあった事を××は大嘘吐《つ》きで××××だと云って、ああこのような愚にもつかない乱酔のような日が三日も続いた。

二十二、シェキスピアで大阪行き。

中央公論社に頼まれて大阪へ行った。岡倉由三郎氏、森英次郎氏、木村毅《き》氏、の方達、大阪京屋に泊り、出て来たばかりの片岡鉄兵さんに逢う。元気な顔だった。

大阪はたまに行くと面白いところだ。雨が降っていた。

このような、古い覚え帳から、色々な事を思い返すのだが、何も役にたたないと思いながらも、私は女でこまめだから半紙を二ツに折って、赤い色紙を表紙につけて、新らしい覚え帳を何時までもつくってゆくのだ。

ボオドレエルの云う「覚え書は僕の妻たちや、娘たちや、姉妹たちの為めに書かれたものではない、——それに僕にはそのようなものも、あまり多くはないのだ。」とあるように、私は平凡な日々の覚えを、私自身のために、一生綴ってゆく。なかなか愉しい仕事の一ツであるには違

**シェキスピア**　ウィリアム・シェイクスピアのこと。劇作家、詩人。代表作は『ロミオとジュリエット』『ハムレット』など。

**岡倉由三郎**　英語学者。美術指導者の岡倉天心の弟。

**森英次郎**　俳優。森英治郎。

**木村毅**　文芸評論家、小説家。

**片岡鉄兵**　小説家。代表作は『生ける人形』など。

いない。こんな古い覚え帳が一冊ずつ私を温めてくれるように身近に山積されて行っている。

## 記憶はおぼろげだけど愛おしい。過去の自分もひっくるめて、まるごと私だもの!!

林芙美子の代表作といえば『放浪記』。これは彼女の日記が元になっている。『放浪記』が芙美子の実人生とぴったり一致するかというと微妙なところなのだが、彼女の半生が放浪に次ぐ放浪であったことは間違いない。出生地の鹿児島から始まり（といってもこれは戸籍上の登録地であって、下関などの諸説あり）、家族の商売の都合から少女時代は長崎、佐世保、下関、鹿児島、尾道といった場所を転々としたとのこと。それで学校には通えたり通えなかったりだったこともあり、成績もいまひとつだったのだが、作文だけは得意だった。女学校を終えて上京してから、芙美子は詩人として出発する。といってもいきなり詩人としてやっていけるわけでもないのでカフェで女給（これはいまでいう水商売に近い）をするなど、いろいろと職を転々としたようだ。また詩を通して萩原恭次郎や岡本潤といったアナーキスト達と交流があったのもこの頃である。そのような状況下で第一詩集『蒼馬《あおうま》を見たり』を出し、『放浪記』を『女人芸術』で連載、出版するとこれが大ヒット。他にも「風琴と魚の町」や「清貧の書」といった流浪モノ、貧乏モノを書いて、これらの作品を通して芙美子の作品はルンペン文学と呼ばれた。この随筆はそういった作品を発表した後、ノリに乗っている頃に書かれたものだ。作品や締切についてのメモもたくさんあって、売れっ子っぷりがうかがえる。ここに出てくる「徳田先生」は芙美子が敬愛していた徳田秋声のこと、「広津さん」は広津和郎のことと思われる。交友関係も広かったが、嘘つきで有名でもあり、敵も多かったようである。葬式では川端康成が「故人は自分の文学生命を保つため、他に対しては、時にはひどいこともしたのでありますが、（中略）死は一切の罪悪を消滅させますから、どうか、この際、故人を許してもらいたいと思います」云々とフォローを入れている。そう考えると「広津さんはスキ。」よりも「広津さんバカ。」のほうが真実味がある。（住本）

# 「下女」と「循環小数」

小林多喜二

ローマは一日にしてならず。
終わらない運動を生きよ！

# 「下女」と「循環小数」

小林多喜二

「世界意識」という神聖な病気がある。

彼はあるカフェーでビフテキーを食うとする。その瞬間、しかし彼は寒空に飢えている人を思う。だから彼はそのビフテキーをソット側の塵箱に投げなければならない。彼は笑うと思う。しかし笑えない多くの人の存在が、彼の顔を引きゆがめてしまう。彼は日向を歩いてゆく……しかし日の光を一日も見ず土の底にうごめいている多くのものを考える。彼は日陰を歩まなければならない。

――もしも人達がこの彼の態度を笑うか？

ビフテキを塵箱に捨てるのをよして彼が食べたら、その佳美な味を味《あじわ》

**塵箱**　ゴミ箱。

**佳美**　とても美しいこと。

うた「幸福者」が世界に一人だけ殖《ふ》えたはずだ。彼がもし笑ったら、世の中に心から笑えた人が一人だけ多くなったわけだ。そして彼が日の光の中を朗《ほが》らかに闊歩したら、それだけ世界が明るくされてあったはずだ。（これこそ彼が望んでいた事であったのだのに！）――そこで彼は嘲笑《あざわら》われるのか？　しかし彼がこんな事を皆んな知っていたとしたら？（知っているのだ）

四を三で割ると一、三三三……となる。この循環小数を人はいくらまで続けてゆく根気があるであろう。これを一生涯せっせとつづけ得るものがあったら、その人こそ社会改造家であり得る人である。そしてその人はキット下女を侮蔑しないであろう。何故なら下女は、今朝すっかり家の中を掃除しても、また次の朝掃除しなければならない事を知っており、恐らく一生涯その事を「平気」で続けることをも理解しているからである。（自分はこのことをシーリヤスな気持で云《い》うのだ）。

「資本主義的社会は一つの歴史過程である。だからこれが円熟すれば、

**循環小数**　ある数字の配列が無限に繰り返される小数。

**下女**　雑用をさせるために雇われた女性。女中。

**シーリヤス**　英語のserious。真面目な、深刻な。

それ自身が崩壊することに依って次の過程に入って行く」とマルクスが云った。そしてこれは人間の「意志」ではいかんともすることが出来ない、と唯物史観の原理を押したてた。しかし我可愛いマルクスは「共産党宣言」の最後でこう云った――「万国の労働者よ団結せよ！」だから可愛い。

　彼等にして光栄の日を信じ得る者は幸福である。そして光栄の日を信じ得ないものは利口である。「下女」「循環小数」……。

　腹が減った時にある事を感じる、腹が一杯の時にその同じことに対して或る事を感じる、この二つの感じの内容は同じものだろうか？　寝不足の朝のときの感ずる気持、寝足りた後で感ずる気持、これはどうだろう。――しかし、と云ってプロレタリアが待ち望んでいた革命が来、社会組織の変改が行われると、彼等もブルジョワらしい気持に変って行くのではないか、と云う意味ではない――。しかし考えて見たらどうだろう、第四階級の解放は何も彼等をブルジョワのレヴェルにまで高めるためのものでない、と云っている人達もいる事だから！

**マルクス**　思想家のカール・マルクス。資本主義社会を精緻に分析し、そのあとに現れるべき社会主義・共産主義の理論に関して大きな貢献を果たした。代表作に『資本論』がある。

**唯物史観**　マルクスと経済学者のエンゲルスが唱えた歴史観。必ず到来する革命の未来を予言する。

**「共産党宣言」**　マルクスとエンゲルスとの共著。社会主義の古典的なバイブル。

**光栄**　栄えること。

**プロレタリア**　資本主義社会で雇用される側の賃労働者のこと。

**変改**　変化。ここでは革命のこと。

**ブルジョワ**　資本主義社会で雇用する側の資本家のこと。

**第四階級**　プロレタリアと同じ。

しかし人が幸福になるにはどうすればいいんだろう、この事が考えられる。これだけが！

## 代わり映えしない毎日の繰り返し。だが、それこそが人生。

プロレタリア文学というと、偉そうな金持ちをぶっ倒して革命で逆転一発……という先入見が強いかもしれない。そんなプロ文（断っておくがプロフェッショナルの文学じゃないぞ）の代表作『蟹工船』を書き、最期は体制側にリンチされて非業の死を遂げた政治的作家の極北たる小林多喜二。そんなコワモテが書いたものだと思って構えて読むと、なかなかどうして細やかな視線に驚く。秋田県で誕生し、伯父の援助を得て小樽の商業学校に入学。若い頃は白樺派の作品に感化され、特に志賀直哉の作風を感じさせる短編を残す。学校を出たあとは北海道拓殖銀行に就職するが、その期間に出会ったのが小料理屋で働いていた少女・田口タキ。彼女に深い同情心と恋愛感情を覚えた多喜二は、その借金を肩代わりして、さらには自分の実家にむかえいれる。短編「曖昧屋」はタキを直接のモデルにしたもの。タキ自身は厚意に耐えかねて家出してしまうのだが、〈循環小数〉のように同じことを繰り返す日常生活と理想実現を目指して進み続ける社会運動は決して切り離されてはならないとするその実直な教えは、多喜二の目の前にいた女性たちがおちいりがちな過酷な現実から学んだものだった。アカと呼ばれる社会運動家（共産党の旗の色が赤なのでアカ）が大量に検挙された三・一五事件。これを小説化した「一九二八年三月十五日」でもこの発想が用いられている。『不在地主』『工場細胞』『オルグ』『転形期の人々』といった政治闘争を前面に押し出した小説を立て続けに発表し、銀行も解雇され、本格的に党の作家として活動していく。ビラ撒きをすごい頑張る、という案外やってることはジミ目な遺作『党生活者』での女性の扱い方がかなりヒドイということで戦後に作家・中野重治と平野謙や荒正人などの批評家連中のあいだで〈政治と文学論争〉と呼ばれる論戦が起きるが、未完ということもあってその判断はいまなお難しい。ちなみに兄貴の名前は多喜郎。

（荒木）

# よもぎうにっ記(抄)

## 樋口一葉

百年後にお札になるとはつゆ知らず…
ハタチの大黒柱、作家の夢より金勘定。

# よもぎうにっ記（抄）

樋口一葉

かけじとおもえど、実《げ》に「貧《ひん》は諸道の妨《さまたげ》」なりけりな。すでに今年も師走の二十四日になりぬ。こんとしのもうけ、身のほどほどにはいそがるるを、この月の始《はじめ》三枝君よりかりたるかねの、今ははや残り少なにて、奥田の利金《りきん》を払わば誠に手払いになりぬべし。餅《もち》は何としてつくべき、家賃は何とせん、歳暮の進物《しんもつ》は何とせん。「暁月夜《あかつきづくよ》」の原稿料もいまだ手に入らず、外《ほか》に一銭入金の当《あて》もなきを、今日は稽古納めとて小《こ》石河《いしかわ》に福引の催《もよお》し、いと心ぐるし。朝より立《たち》まじりて、引当《ひきあて》しは「まどの月」の折《おり》づめなりけり。家に帰れば国子待《まち》つけて、「これ御覧《ごらん》ぜよ、龍子様よりこのお文《ふみ》只今《ただいま》参りぬ。喜び給《たま》え」とて見するははがきなり。「来新年早々女学雑誌社より『文学会』という雑誌発兌《はつだ》にならんとす。君に是非短編の小説かきて頂きたく、かの社より頼まれてこのお願《ねがい》」とありけり。「種々《いろいろ》お物語もあれば御寸暇《ごすんか》にて御入《おいり》を」と末にかかれしかば、直《ただち》に返事書《かき》て、「明後日《あさって》参らん」という。家にては、「かく雑誌社などより頼まるる様になりしは、もはや一事業の基《もとい》かたまりしにおなじ」とて喜こばる。このごろの『早稲田文学』に「文学と糊口《ここう》」という一欄ありしを思い出《いず》れば、面《おも》てあからむ業《わざ》なり。

（中略）

二十八日　夕べより野々宮君泊《とま》りて今朝もまだ帰らず。家にては、「餅つきの祝いにしる粉《こ》をこしらえん」など、勝手に母君の手いそがし。我れも、「岡野やより持《もち》こむに先立《さきだち》て、金港堂より金うけ取《とり》来たらん」とて、十時というに家を出ぬ。野々宮君も、「さらば諸共《もろとも》に」とて、真砂町《まさごちょう》まで伴う。伊東夏子ぬしにも借たる金あり。何時《いつ》とかぎりの定めもなけれど、投《なげ》やりにてはいかがとて、通り路《みち》なればするが台に立寄りてそのいい訳《わけ》をなす。彼方《かなた》にも、「語ることいと多し」という。我れよりもいうことあれど、「またこそ」とて別る。ここより車にて本両替町の書籍会社にゆく。直に藤陰に会いて、

「暁月よ」三十八枚の原稿料十一円四十銭をうけとる。十六ばかりの時なりし。九十五の銀行に処用ありてこの前を通りしに、洋服出立《いでたち》の若き男、立派なる車に乗りて、引《ひき》こませしを見し時、「天晴《あっぱ》れ、美《み》ごとや。あれは大方若手の小説家などにて、著作もののことに付きこの家に出入《でいり》する人なるべし。三寸の筆に本来《もとより》の数奇《すき》を尽《つく》して、人に尊《とうと》まれ身にきらをかざり、上もなき職業かな」と思いし愚かさよ。我れも辻車《つじぐるま》なれど、美《うつ》くしき毛皮の前掛に車夫が背縫いの片かなもじ、我が姓かあらぬか知らぬ人のしることとならねば、まして古ものなれど絹布《けんぷ》の上下着《うえしたぎ》、手に持つ頭巾《ずきん》の僅《わず》かに紺屋《こうや》を口説《くど》きて、「覚《おぼ》束《つか》なし」と断られし染めを頼み、しんしの張りの出来がたければ、家に只今火のしの力をかり、「かぶらずとも、頭巾なしにてこの寒天《さむぞら》に見すぼらしければ」と、母君の趣向の苦しがりとは人も知らじ、我れも昔《むか》しは思わざりし。このあさましき文学者、家に帰りし時は餅も共に来たりぬ、酒も来たりぬ、醤油も一樽《ひとたる》来たりぬ。払いも出来たり。和風家《いえ》の内に吹くこそさてもはかなき。

〈現代語訳〉

気にかけまいと思っても、本当に「貧は諸道の妨げ」だよなあ。もう今年も十二月の二十四日になった。新しい年を迎える準備、身分相応な程度には準備が整いつつあるけれど、今月の始めに三枝氏から借りている金がもう残り少なくなっていて、月賦払いの返済を延ばしてもらって延滞利子だけを払ってしまったら、本当にすっからかんだろうな。餅はどうしよう、家賃はどうしよう、お歳暮の贈り物はどうしよう。「暁月夜」の原稿料もまだ入らないし、他に一銭の入金の当てもないのを、今日が稽古納めだという小石川の福引きの催しは、たいそうつらい。朝から並んで引き当てたのは「まどの月」の折り詰めだよ。家に帰ると国子が待ち受けていて、「これをご覧なさいな、龍子様からこのお手紙がたった今来ました。喜びなさいよ」と言って見せるのは、はがき。「来たる新年早々女学雑誌社から『文学会』という雑誌を発行します。あなたに是非短編の小説を書いていただきたく、その会社から頼まれてのお願いです」とあった。「いろいろ話したいこともあるし、お暇なときにい

**三枝氏**　三枝信三郎のこと。一葉の親戚。
**「暁月夜」**　雑誌『都の花』に掲載された一葉の短編小説。
**稽古納め**　一葉は萩の舎という和歌の教室に通っていた。
**小石川**　旧東京市小石川区（現東京都文京区のあたり）のこと。萩の舎はここにあった。
**まどの月**　窓の月。吉原の店で売られていた最中の名前。
**国子**　樋口くにのこと。一葉の妹。
**龍子様**　田辺龍子のこと。筆名は田辺（三宅）花圃。小説家。一葉の萩の舎仲間。
**女学雑誌社**　出版社。『女学雑誌』を発行していた。
**『文学会』**　雑誌『文学界』のこと。明治二十六（一八九三）年から明治三十一（一八九八）年まで発行された。

らっしゃってくださると」と最後に書かれていたので、すぐに返事を書いて、「明後日参ります」と言う。家では、「このように雑誌社から頼まれるようになったということは、もはや一事業としての基盤が固まったも同然よ」と言って喜ばれる。最近『早稲田文学』に「文学と糊口」という欄があったのを思い出して、恥ずかしくて顔が赤くなる。

(中略)

二十八日。昨夜から野々宮氏が泊まっていて、今朝になってもまだ帰ってくれない。家では「餅つきができたお祝いにお汁粉をこしらえよう」と言って、台所の母君は忙しい。私も「岡野やから餅を持ちこむのに先立って、金港堂から金を受け取ってこよう」と言って、十時に家を出た。野々宮氏も、「ではご一緒に」と言って真砂町までついてくる。伊東夏子殿にも借りている金がある。いつまでという期限の取り決めもないけれど、投げやりになってはいけないと思って、通り道なので駿河台に立ち寄ってその言い訳をする。あちらも「話したいことがたくさん

**『早稲田文学』** 明治二十四(一八九一)年に坪内逍遥により創刊された雑誌。現在まで続いている。

**「文学と糊口」** 正しくは「文学と糊口と」。奥泰資によって書かれ『早稲田文学』二十四号、二十五号に続けて発表された随筆。文学で生計を立てることを批判している。

**野々宮氏** 野々宮菊子のこと。教師。

**岡野や** 小石川の和菓子岡埜栄泉と思われる。

**金港堂** 出版社。雑誌『都の花』を発行していた。

**真砂町** 東京都文京区にあった地名。

**伊東夏子** 歌人。一葉の親友で萩の舎仲間。

**駿河台** 東京都千代田区にある地名。

**車** 人力車のこと。

ある」と言う。私からも話したいことはあるけれど、「また今度」と言って別れる。ここから車で本両替町の出版社に行く。すぐに藤陰に会って「暁月夜」三十八枚の原稿料十一円四十銭を受け取る。まだ十六歳の頃だった。第九十五国立銀行に諸用があってこの出版社の前を通ったところ、洋服姿の若い男が立派な車に乗って引っこんでいったのを見た時、「あっぱれ、見事よ。あれはきっと若手の小説家か何かで、著作のことでこの建物に出入りする人なのだろう。三寸の筆に本当の、思い思いの趣向を凝らして、人に尊敬され身をきらびやかに着飾る、この上ない職業よ」と思った私の愚かさよ。私も人力車だけど、美しい毛皮の前掛けに車夫の背縫いのカタカナ文字が自分の姓なのかどうか、知らない人にはわからないし、まして古着とはいえ上等な絹布の上下で、手に持つ頭巾のちょっとばかり染物屋を口説いて、「出来るかわからない」と断られた染めを頼んで、伸子張り《しんしば》が出来ないので、家でたった今火熨斗《ひのし》の力を借りて、「被らないにしても、頭巾なしでこの寒空では見すぼらしいから」というのは、母君の趣向の苦肉の策とは他人にはわからないだろう、私も昔はわからなかった。こんなあさましい文学者だが、家に帰っ

**本両替町**　東京都中央区にあった町名。
**藤陰**　藤本藤蔭のこと。『都の花』の編集者。
**十一円四十銭**　当時巡査の初任給が八円ほどだった。またおおよその目安であるが、明治三十三(一九〇〇)年前後から現代にかけて、物価・収入とも二万倍ほどに上昇している。よってこの時代の十一円四十銭は現在の二十二万八百円ほどとなる。
**三寸**　一寸は約三センチメートル、三寸は約九センチメートル。
**車夫の背縫いのカタカナ文字が自分の姓なのかどうか、知らない人にはわからない**　専属の車夫の法被(はっぴ)には、主人の姓が縫い付けてあった。一葉が乗った人力車は樋口家専属のものではないことがうかがわれる。
**伸子張り**　和服の洗濯法の一つ。
**火熨斗**　炭火を中に入れて、その熱で布のしわを伸ばす

たら餅もちょうど来たところ、酒も来た、醬油も一樽来た。支払いも出来た。和やかな風が家の中に吹く、そうは言ってもむなしいよ。

道具。昔のアイロン。

## 生活のために、はたまた女だから。夢と現実の狭間に揺れた、うたかたの日々…

樋口一葉。本名、奈津。明治五（一八七二）年生まれ。二十四歳という若さでこの世を去ったものの、短い期間で傑作を残した。そんな樋口一葉とはどんな人物だったのか、その手がかりとなるのは彼女の手になる日記である。そもそも一葉が作家になろうと思ったのは、父と兄が相次いで亡くなったため一葉が繰り上がり式に戸主《こしゅ》となり、一家の大黒柱として稼がなければならなくなったからだ。一葉は通っていた歌塾・萩の舎の先輩である田辺花圃《かほ》が一流出版社から本を出版して大金を手にしたのを目の当たりにして作家になろうと決意。実際には全然儲からなかったのは、この日記にある通りである。それから作家の半井桃水《なからいとうすい》の元へ原稿を見せに通うものの、あまり芳しい評価が得られない。そうこうしているうちに桃水に恋心みたいなモヤモヤした気持ちを抱きはじめたり、なんやかんやで喧嘩別れになったり、しばらくしてから再会したりする。このあたりの日記は、ラブコメばりにやきもきしながら読んでしまうところだ。ただし桃水が作家としての一葉を導くことはなかった。桃水の同人誌『武蔵野』でいくつかの作品を発表するも、特に反響はなし。一葉の名が世に知られるのは田辺花圃の斡旋で文芸雑誌『都の花』に掲載された「うもれ木」からである。そこから文芸雑誌『文学界』から声がかかり、またいくつかの作品を掲載してもらう。代表作「たけくらべ」もここで生まれた。しかしにわかに一葉の名が評判になるにつれて、身辺が騒がしくなる。いろんな作家や編集者たちが一葉を訪ねてくるようになったからだ。ただ一葉はどれだけ褒められても調子に乗ることはなく、日記には自分が女性だから、女性にしてはよく書けているというので褒められていると書いている。一葉ほどの才能をもってしてもそのような悩みを持つのだとすれば、せつない話だ。〈女性作家〉として生きなければならなかった一葉の運命を想う。（住本）

# 雑談のおり

田山花袋

傍観者でごめんねごめんね。
人生という戦争。

# 雑談のおり

田山花袋

吾々《われわれ》はある処《ところ》で集《つど》った時、吾々は人生における従軍記者だと謂《い》ったことがある。その時は別に深い意味があって言ったことでもなかったが、あとで考えて見るとこれは余程面白い言葉である。

実際、吾々は人生における従軍記者だ。戦闘員は一生懸命になって戦っている。生と死の問題がその間に横《よこた》わっているのだ。傍を見ているような余裕が無い。人生にある多くの人間は皆《み》な戦闘員である。泣くにしても笑うにしても、直接に実際問題に触れている。傍から見て可笑《おか》しかろうが悲しかろうが、そんなことは問う暇が無い。然《しか》るに吾々はこれを詳しく見て詳しく忠実に報導しなければならぬ天職をもっている。詳し

**傍を見ている**　よそ見をしている。

**報導**　「報道」と同じ。

ければ詳しいだけ世間を益する。無限の教訓をも人世に与えることが出来る。自《みず》から弾丸雨飛《だんがんうひ》の境に乗込んで観察すればするほど人世の戦闘の様を人間の眼前に活躍させて見せることが出来る。いわゆる理想派は臆病で自身弾丸雨飛の戦場に出ることが出来ずに、後方の軍司令部に小さくなっている従軍記者である。こういう風に吾々は戦争には触れてはいるが、戦争の巴渦《うず》の中の戦闘員とは違う。離れて見ている。人の傷ついたのをも血の流れるのも、死ぬのも客観的に見ている。詳しく冷《ひやや》かに見ていればいるほど、戦闘員は従軍記者を冷かな奴だと思うに違いない。戦闘員の身になれば、戦争の状況そのものなどよりも、傷病者戦死者に同情した文章でも書いてもらう方がありがたいのだ。現に、吾人《ごじん》は戦場で戦況よりもまず戦死兵士の勲功や同情を書いてくれと将校からいつも煩《わずら》わしいほど頼まれた。いわゆる同情文学はこの勲功記事である。けれど吾々はこんな要求にのみ応じている訳には行かない。忠実に戦争を描かなければ従軍記者の天職は尽《つ》くされぬのである。

　それから面白いことは、戦争では従軍記者は必ず度外視される、邪魔者にされる、貴様のようなものはそっちに行っておれと言った風に取扱

**益する**　利益を与えること。
**人世**　世間のこと。
**弾丸雨飛の境**　鉄砲の弾が雨のように飛び交うシビアな世界のこと。
**理想派**　理想主義。醜い現実を直視せよと訴えた花袋の自然主義と反対の立場。

**吾人**　「吾々」と同じ。

われる。人生の従軍記者も実際の人生から邪魔物扱いにされるのは、蓋《けだ》し已《や》むを得ぬことであろう。けれど芸術家は飽《あく》までこの客観の態度を保たなければならぬ。

**蓋し**　思うに。

## 嫌われても、うざがられても、私は小説家！信じた道を行くのです。

花袋といえば〈自然主義〉、〈自然主義〉といえば「蒲団」。男をつくって出ていった女弟子が使っていた蒲団にくるまる変態的なラストが無駄に有名なこの一作で花袋の名をご記憶の方も多いだろう。実話ベースだったのでいろんな悶着に発展した。実際、特に性欲にアクセントをおく日本自然主義のムーブメントは人間の真実の姿を包み隠さず描くぶっちゃけ力で、ふるき紅露時代（尾崎紅葉&幸田露伴の二大巨頭が活躍していた時代）にケリをつけてみせたのだった。そんな花袋には、「一兵卒」や『一兵卒の銃殺』など戦争文学とも呼べる小説があることは案外知られていないかもしれない。背後には、博文館という出版社に勤めていたおり、日露戦争が勃発、従軍記者として戦地に赴いた経緯がある。小説家とは人生の従軍記者のようなもので、人々が必死になって戦っている（＝生きている）のを横目に、それを傍観者のようにちょっと浮いた目線から虚飾なく描かなければならない。これは〈平面描写〉と呼ばれる、主観を入れないで客観的なものだけで書いていく描写法と深く連絡し、いうまでもなく花袋の実作とも無縁ではない……はずなのだが、いうほど主観排してないのでは？　という後の評価もあるにはある。「蒲団」以外では、生まれながらの無法者がたどった悲しい末路を描く「重右衛門の最後」、田舎の小学校教員としてくすぶりつづけたすえに死ぬ『田舎教師』などで文名を高めた。もう一つ。このエッセイによれば、従軍記者は必ずや周りから邪険にされるという。言い換えれば、小説家という職業の社会的な不安定さへの自覚を決して捨てないのも花袋文学の読みどころ。栃木県（当時）の田舎に生まれ、大した学歴もないのに文学者になる夢を諦めきれず、上京してはなにかツテはないかとあくせく。二十七歳のときに結婚するさいは、作家ですかと先方の親からしぶられる屈辱。長編小説『生』には、そんな居心地の悪さに加えて、病身の母がいよいよ嫌味っぽくなって繰り返し家族と衝突するさまが描かれるので読んでいて胃がキリキリする。長らく編集者としても働き、特に地誌の雑誌に関する編集にたずさわった経験は紀行文の仕事に活かされた。花袋の隠れた名作として今日でも評価が高い。自身も旅好きで暇があれば年がら年中旅をしていた。明治四（一八七一）年に生まれ、昭和五（一九三〇）年、五十八歳で逝去。

（荒木）

# 夫婦が作家である場合

宮本百合子

同業夫婦はアリ？　ナシ？
作家カップルはうまくいくのか⁉

# 夫婦が作家である場合

宮本百合子

　よほど以前のことになるが田村俊子氏の小説で、二人とも小説をかくことを仕事としている夫婦の生活があつかわれているものがあった。筋や、そのほかのことについてはもう思い出せないのであるが、今も焙《や》きついた記憶となって私の心にのこっている一場面がある。何か夫婦の間の感情が気まずい或る日、妻である婦人作家が二階の机の前で小説が進まず苦心していると、良人《おっと》である男の作家がのしのし上って来て、傍《はた》から、何だ！　そんなことじゃ先が見えてる。僕なんか三十枚ぐらいのものなら一晩で書くぞという意味の厭《いや》がらせを云《い》って、妻の作家の苦しい心持《こころもち》を抉《えぐ》るようにする。しかも、良人である作家は、その時もう創作が

**田村俊子**　小説家。代表作は『木乃伊の口紅』など。詳しくは四十七ページを参照。

出来ないような生活の気分に陥っているのが実際の有様《ありさま》であったというようないきさつが、田村氏独特の脂《あぶら》のつよい筆致で描かれているのであった。

私は、その小説を読んだ時、二十《はたち》前後であったと思うが、深刻な感銘をうけた。自分の女としての一生についても考え、いつかしらぼんやり感じていたことを改めてはっきり、自分は決して作家を良人には持つまいと心にきめたのであった。

それから後、また何程か経って、女の作家として私の持つその考えを更に内容的に多様化し確《たしか》めるような一組の作家夫婦を見た。いずれも文学的公人であるから名をあげることをも許されると信じるが、その夫婦は佐佐木茂《も》索《さく》氏夫妻である。

何かの折佐佐木茂索氏とふさ夫人とが題材としては小さい一つの題材を二人両様に扱って書いたところ、（あるいは書こうとしたところ）その扱いかたの腕では、茂索氏が勝ったとか、ふさ夫人がまけたとか、単に二人をかけ合わすのが面白いというような対比のしかたでゴシップにのぼったことがあった。

**佐佐木茂索氏夫妻**　佐佐木茂索、ささきふさ夫妻のこと。茂索は小説家、編集者でのちに文藝春秋新社（現・文藝春秋）社長にまでなった。ふさも小説家である。

私は、その当時、田村氏の場合とは違った種類で感想を刺激された。二人ともうるさくて厭だろう。私は主観的にそう思いやって感じた。内でも外でも、二人の作家としての神経が夫婦の生活感情の中に在っては、互《たがい》にくたびれるであろう。例えば、一緒に暮していれば生活の中に起った同一のことについて、妻も良人もその瞬間ああ書きたいと思う場合もあるに違いない。その時、まして茂索氏やふさ夫人のような気質の人たちであったら、大したものでもない題材へ、夫婦が両側からとびつく姿をめいめいの心の中に描いただけでもうんざりするというところがあり、具体的には計《はか》らず互に牽制《けんせい》する結果となって才能をいつか凋《しぼ》ませ、みえを忘れて文学を創る者ではなく、文学を理解し愛好するものにまで生活態度を消極化してしまうのではあるまいか。人と人との組合わせから起るおとのない悲劇のように、私はその過程をむしろすさまじいものに考えたのであった。

宇野千代氏が、作家尾崎士郎氏との生活をやめた心持も他のことをぬいて、その面からだけ見て、理解しがたいものとは映らなかった。

私はそれらのことを主として、作家としての完成というものも個人的

**宇野千代**　小説家。尾崎士郎とは一時期結婚していた。代表作は『色ざんげ』『おはん』など。

**尾崎士郎**　小説家。代表作は『人生劇場』など。

な立場だけに立っているうちはその可能にどんな限度があるかという事実を理解し得なかった時代に考えたのであった。男にしろ女にしろ、めいめいの条件に応じて生活意欲を貫徹するためには夫婦の結合にもそれがプラスの力となるものと、マイナスの作用を及ぼすものとある。そういう一般的な常識の範囲内で、しかしなお婦人作家に関する社会的な問題として考えていたのであった。

今日の到達点に立って再びこの問題が私の注意をひくのは、プロレタリア作家の間に夫婦で小説を書いている婦人作家が数人いるからである。そして、それは、ブルジョア作家の場合よりも数において多くなって来ている。これ等の婦人作家と作家である良人とは、どのような新しい社会関係の実質によって日常的に結ばれているか。私自身、良人と自分との結合の内容にもふれて、様々に感慨深く思うからなのである。

ブルジョア作家が夫婦である場合、相克《そうこく》の起る理由は、わかり易《やす》いように思われる。男女のブルジョア作家が、もし今日の社会的現実として、自分たちの文学における発展の限界性の根源を、互の間の問題に止めず、階級の本質にまでふれて実感し得るなら、その作家たちは既に単純に概

**相克**　対立するものが相互に相手に勝つべく争う様子。

**概括**　まとめること。

括される意味でのブルジョア作家ではなく、従って夫婦間の相克もより広い社会的性質のものとしてとり上げられるようになるのではあるまいか。

プロレタリア作家夫婦にとっての関心事は、それから先に在ると私は思う。プロレタリア婦人作家の実にこまごまと粘りづよい現実の重荷の内容は、良人も作家であるためにやりにくいという割合を遥か越えて、今日の社会の広汎《こうはん》で具体的な階級的重圧に作用されているのである。例えば窪川《くぼかわ》いね子の「一婦人作家の随想」を開いて見よう。私達は頁《ページ》の到るところで、そういう日本の歴史的な重圧と揉《も》み合っているプロレタリア婦人作家の努力の姿にうち当るのである。プロレタリア作家の場合、かくのごとき重圧と闘うという方向において婦人作家は全く作家である良人と並んで助けあってそれをめいめい女の声で行っているわけなのである。

それ故、夫婦とも階級人として積極性をもっている場合、生活と文学とにおける相互の発展の可能性は大きな未来とともにあるのであるが、現実の複雑性は、またそこに極めて意味ふかい現象をあらわしている。

**窪川いね子**　小説家。佐多稲子。代表作は「キャラメル工場から」など。

プロレタリア婦人作家が、家庭の内では階級的立場の一致しない作家を良人として持っている実例が、私たちの周囲には一つならずある。そういう場合、その婦人作家の階級作家としての発展の道は、どのような紆《う》余《よ》曲折を経るものであろうか。生活の実際問題としてそれ等は未だ解決されていない。それだけプロレタリア婦人作家として重大で困難な社会的実践の問題がふくまれていることを感じるのである。

ごく近い過去まで、婦人一般のおかれていた社会的水準を基にして見れば、階級的分別があるにしろ無いにしろ、とにかく一人の女が文学の仕事に身を投じる決心をしたその事が、既に古い社会に対して抗議の第一歩としての意味をもっていた時代があった。

その時代に文学の道を歩き出した婦人作家がやがて旧《ふる》い家族制度に反発して当時の社会情勢では明らかに進歩性の担い手であったに違いない新進の作家と結婚した。今日の社会で貧しい妻になり母となって経験した現実は一層彼女を社会性に目醒《めざ》めさせ、彼女をまず作家志望者たらしめたその積極性によって、その婦人作家は次第にはっきりと自身の文学が社会のどこに属するものであるかを理解しはじめ、作家としての実践が一定の階級性を示すようになる。

その実際に立ち到って、妻としての婦人作家は、いつか作家である良人とズンズン押されて行っていた自分との間に、文学の本質の解釈において距離の生じていることを発見し、かつて進歩的意義に輝いていた彼等の家庭が計らず質の上で反対物としての役目をもつものとなっている事実に苦しむのである。

この場合、婦人作家の生きぬかなければならぬ苦痛は、感情の機微にもふれて非常に大きい。正しい発展のために健康な意力が必要とされる。社会の事情はこのような場合を、プロレタリア作家の間に限らずますます広い社会生活の面で、特に婦人の側からの切実な発展的苦悩として引き出しつつある。

平林英子の「育むもの」はこのような意味において、或る問題をなげていたと思うのである。

十月号の婦人公論であったか、千葉亀雄氏が、婦人と読書のことについて書いておられた。その文章で、婦人がたとえばイギリスのような国でもどんなに扱われていたかという実例に、ジェーン・オウスティンが

**意力**　意志の力。

**平林英子**　小説家。

**千葉亀雄**　評論家。〈新感覚派〉の名づけ親。
**ジェーン・オウスティン**　イギリスの小説家。代表作は『高慢と偏見』『分別と多感』など。

あのような傑作をかくに仕事部屋を持っていなかった。そして訪問者があると原稿をかくしたということをあげておられた。更に現代の引例として、やはりイギリスの国際的地位にある婦人作家ヴァージニア・ウルフの書いたものの一節を引用してあった。それは、婦人の時間は台所や子供部屋や寝室の間にまぎれ過《すご》されることが実に多い。私は一方《ひとかた》ならい困難の後に、やっと小さいながら自分の部屋と呼ぶことの出来るものを持つことが出来るようになった。というような意味の言葉であったと覚えている。

私はその文章全体を面白く印象ふかくよんだ。私のまわりでは本当に、良人が作家であることには苦しまぬがただ自分の部屋がないので困っている婦人作家があるのだから。

ところでその後、ヴァージニア・ウルフの作品を一寸《ちょっと》読む機会があり、つづいて伝記を読み、私は千葉氏にもそれに注意をよび起された自分に対しても全く別な内容で或る感銘を覚えた。

ウルフは、英国の上流人であるレズリー・ステフン卿の娘に生れ、家庭で教育されている。これは貴族的教育法である。ウルフ氏と結婚して

**引例**　引用例。

**ヴァージニア・ウルフ**　イギリスの小説家、評論家。本文中で話題に上っているのは『自分ひとりの部屋』という題の評論。その他の代表作に『ダロウェイ夫人』『灯台へ』などの小説がある。

**レズリー・ステフン卿**　イギリスの文学者、思想家。『英国人名辞典』の編纂などに取り組んだ。

から夫婦で出版所を経営している。このような環境のウルフ夫人に家という建物の中で自分の部屋さえなかったということは、私には殆《ほとん》ど想像出来ない。まして、六つの子供さえ、一部屋の主人として扱う英国の中流以上の家庭において。「ウルフは一つの世界を創造する。男と女との世界ではない。ほんのりした薄明かりのような、不思議な、活々《いきいき》した」「漂う泡沫《ほうまつ》のように捕捉し難い世界をつくる」と形容されているこの婦人作家が、世帯じみた現実的な部屋のことをさして書いたと私は考えにくい。ウルフは、観念の世界で、世俗の女とちがう独特な境地を獲得した自身について、部屋というものを全く一つの象徴として書いたのではないであろうか。

もし、私の推察がひどく的をはずれていなければ、それをわれわれの日暮しで内容される具体的な部屋の問題として扱われた千葉亀雄氏の常識の着実さを今日の大多数の婦人がおかれている現実の社会的反映として私は一層面白く思うのである。

# 身を立てるとは、本当の自由とは。作家として、女性として求めた道。

夫婦やパートナーが同業者のほうがいいのか、はたまた別の職種のほうがいいのか。これは作家に限らずなかなかむずかしい問題のように思う。まったく違う職種だとお互い仕事の話が理解できないし、かといって近すぎるとちょっとしたことで口論になりかねない。そんなこのテーマの随筆を宮本百合子が書いていたとなると、ゴシップ的な興味をそそられるというものだ。なぜかって、宮本百合子自身が同じ文筆業の夫と結婚しているからである。宮本百合子といえばプロレタリア文学運動に参与した小説家で共産党員、評論活動なども積極的におこなったことで知られているが、彼女の夫は評論家で共産党のトップとして活動した宮本顕治。職業だけでなく思想もがっつり被ってる（それでこのようなタイトルの文章が書けるのだからすごい）。しかし宮本百合子にもこのような意識にいたるまで紆余曲折があった。宮本百合子、出生名は中條ユリ。明治三十二（一八九九）年、東京都小石川生まれ。十七歳のときに「貧しき人々の群」を発表して話題に。裕福な家庭に育ち、十九歳のときに父親の仕事についてニューヨークへ。現地で知り合った荒木茂と最初の結婚をする。しかし結婚生活はうまくいかず、離婚。ほどなくしてロシア語翻訳者の湯浅芳子と同棲生活に入る。そして湯浅についてモスクワへと渡るのである。ニューヨークからモスクワまでのことは、自伝的小説『伸子』『二つの庭』『道標』の題材となった。宮本顕治と出会ったのは、モスクワから帰国した後、日本プロレタリア作家同盟の事務所でのことで、結婚したのは昭和七（一九三二）年。この文章が発表される二年前である。その後顕治が投獄され、自身も何度も検挙されたり執筆禁止令を受けたりしながら、厳しい活動を強いられる。顕治が解放され、再び落ち着いて執筆できるようになるのは、戦後のことである。この文章ではフェミニズム評論として有名なヴァージニア・ウルフの『自分ひとりの部屋』について引用されているが、百合子は同時に「金銭的安定も教養ある閑暇も、それがもし既成の社会の組立てのうちで求められ、与えられ」（『婦人と文学』）るのであれば不十分だとも考えていた。それは女性の自立を求めて前夫（荒木）と離婚し、経済的に自立した後、共産主義者へと変貌していく宮本百合子の人生からくる思想だと考えると納得だろう。

（住本）

# たそがれの味

泉 鏡花

私だけが知る美の境地。
夕暮れ時のポエジー。

# たそがれの味

泉 鏡花

世間にたそがれの味を、ほんとうに解している人は幾人あるでしょうか。多くの人は、たそがれと夕ぐれとを、ごっちゃにしているように思います。夕ぐれと云《い》うと、どちらかと云えば、夜の色、暗の色と云う感じがおもになっている。しかし、たそがれは、夜の色ではない、暗の色でもない。と云って、昼の光、光明の感じばかりでもない。昼から夜に入る刹那の世界、光から暗へ入る刹那の境、そこにたそがれの世界があるのではありますまいか。たそがれは暗でもない、光でもない、また光と暗との混合でもない。光から暗に入り、昼から夜に入る、あの刹那の間に、一種特別に実在する一種特別な、微妙なる色彩の世界が、たそが

**光明** 明るい光。

**刹那** 仏教に由来する言葉で、ごく短い時間を指す。

**微妙** 美しさや味わいが趣き深い様子。

れだと思います。このたそがれと云う一種微妙な世界が、光から暗に入る間に存するると等しく、暗から光に入る境、夜から昼に移る刹那の間隔に、東雲《しののめ》と云う微妙な色彩の世界があります。これも暗でもなく、光でもなく、暗と光との混合でもない、一種微妙な世界です。世界の人は、夜と昼、光と暗との外《ほか》に世界のないように思っているのは、大きな間違いだと思います。夕暮とか、朝とか云う両極に近い感じの外に、たしかに、一種微妙な中間の世界があるとは、私の信仰です。私はこのたそがれ趣味、東雲趣味を、世の中の人に伝えたいものだと思っております。

このたそがれ趣味、東雲趣味は、単に夜と昼との関係の上にばかり存立するものではない。宇宙間あらゆる物事の上に、これと同じ一種微妙な世界があると思います。例えば人の行くにしましても、善と悪とは、昼と夜のようなものですが、その善と悪との間には、また滅すべからず、消すべからざる、一種微妙な所があります。善から悪に移る刹那、悪から善に入る刹那、人間はその間に一種微妙な形象、心状を現じます。私は、おもにそう云うたそがれ的な世界をおもに描きたい、写したいと思っております。善悪正邪快不快のいずれの極端でもない、一種中間の世

**存すると等しく**　存在するのと同じように。
**東雲**　空が茜色になる夜明け前。
**世界の人**　世間の人。
**存立**　成り立つこと。
**人の行くにしましても**　人の行いにも。
**心状を現じます**　心の状態をあらわします。

界、一種中間の味《あじわ》いを、私は作の上に伝えたいとも思っております。

**作の上に** 作品の上に。

## 白黒つけられない世界に生きる私たち。だからこそ美しきものが存在するのです。

これは厳密にいえば談話、記者が作家に取材してそれを勝手に書き起こして発表したものだが、あんがい鏡花の本質に迫っているのではないだろうか。「たそがれ」は夕暮れではない。夕暮れは夜に呑まれているけども、「たそがれ」はもっと独立した、昼が夜になる稀有な一瞬をいう。鏡花のこの微細な世界観は、その怪異趣味によく表れている。そう、鏡花作品にはよくお化けがでてくる。代表作「高野聖」は、旅する坊さんが蛇や蛭《ひる》が大量発生する山道を進んだ先の一軒家での不思議体験を追憶する話だが、そこに現れる妖《あやかし》は男を動物に変えてしまう美しい女なのだ。一緒に水浴びをするというちょっとエロいシーンもあり、モンスター的なおどろおどろしさは皆無。日常と地続きにありながら、非日常な存在がひょっこり姿を見せたかと思えばたちまち消えていく。鏡花ドロップ（たそがれ味）の味わいどころ、すなわちこれ。こういう傾向は怪異ものに限らない。金沢の彫刻家の息子として生まれた本名・鏡太郎は小説家を目指して上京し、弟子入りするため当時人気絶頂の尾崎紅葉の門をたたく。畠芋之助という超絶ダサいペンネームで発表された「冠弥左衛門」なる連載小説でデビューしてから少し経って、「夜行巡査」が文壇で注目される。ルールに厳しく、可哀そうなホームレスも無慈悲に追っ払うカタブツ警官が、自身の結婚の邪魔をする恋人の伯父が溺れているのを、ルールだからという理由で命を捨てて助ける。最初はいかにも悪人然としていたのに、その悪を支える動機が、同時に英雄的行為を支えることにもなる。善悪に分類できないこの境地にもたそ味がある。なお、末尾で語り手が作の観念（テーマ）を説明するので、よく〈観念小説〉と呼ばれる。直後に書かれた、麻酔がないけど超我慢する短編「外科室」も同様。鏡花作品に出てくる薄幸な美女の原イメージは二十九歳という若さで死んでしまった母・鈴に由来しているとよくいわれるが、さらなるターニング・ポイントをむかえるのが、芸者・すず（母と一緒！）との結婚だ。師匠の紅葉に大反対され、その経験は大作『婦系図』に活かされた。明治末期からの自然主義の猛威に押されつつも独自路線を歩み切って昭和十四（一九三九）年、六十五歳で逝去。（荒木）

# 人の子の親となりて

坂口安吾

父親になるつもりなんてなかった…
愛犬と子ども、どっちがかわいい!?

# 人の子の親となりて

坂口安吾

私には子供が生《うま》れないと思っていたので、家族のつもりで犬を飼っていた。いろいろの犬を飼ったが、最後にはコリー種に落ちついて、いまも二匹いる。
だから綱男《つなお》が生れたときも、まず何よりも犬と比較して考える。仔犬は買ってきた時から人にじゃれるし旺盛な食欲があって可愛いものだが、生れたての子供は目も見えないから、反応というものがない。自分のオナカから生んだ母親はその瞬間から子供が可愛いかもしれないが、男の私にはまるで縁もなく愛嬌もない生物が突然現れてわが子を称するようなもので、はじめの一カ月ぐらいはいかに扱うべきか窮したのである。

**オナカ** 安吾はカタカナを多用しており、これは安吾の文学の特徴のひとつ。何をカタカナにするのかについては特にこれといった法則性はないようだが、カタカナにすることによって独特の雰囲気がつくりだされている。小説であれば『夜長姫と耳男』はその特徴が顕著に出た作品。

むろん名前をつけてやる気にもならなかったが、女房がサイソクしてゆずらないので二週間目に徹夜して考えてつけてやった。小説の作中人物とちがって平凡でないとこまる。私の本名が炳五《へいご》といい、故郷の呼び方で一般にヘゴとよばれるのが非常にイヤだった。その記憶があるので、名前でイヤな思いをさせたくないと考えて苦労した。

女房がニンシンしたとき、私は女の子が生れて欲しいと考えた。男の子が生れて、それが私に似ていたりすると薄気味がわるいし、世間では私を半キチガイ扱いしているような次第で、その悪い方によけい似ていられてはオヤジも降参せざるを得ない。幸い女にはヒステリーという万人共通の症状があって目立たないから、子供は女に限ると考え、ウブ着《ぎ》なども女の子の物ばかり買い調《とと》えていたのであった。

意外にも男の子が生れたので、その瞬間からいかなる怪物に育つかとそれが不安でこまったのである。とにかく鄭重《ていちょう》に扱わなくちゃアいけないと、まるで後難《こうなん》をおそれるような気持《きもち》で、ウバよ子守よ科学よと糸目をつけずに金をかけ手をかけてやった。その代り、オヤジの私にとっては全然面白くなかったのである。さわったこともなかった。

**故郷の呼び方で一般にヘゴとよばれるのが非常にイヤだった**　安吾が生まれた新潟県では、名前を縮めて呼ぶ慣習があった（「ヒノエウマの話」より）。

**後難**　あとになって起こる災難。

四五十日たつと、案外に泣き方が少《すくな》いので、安心するようになった。わが家の犬は十何貫もある奴だから、その吠える声もものすごい。それに比べると、そもそも赤ン坊の泣き声など声量の点でタカが知れているから、こんなものか、と思うような安心もあった。それも私の借家が桐生随一の旧家の母屋《おもや》だから、子供の部屋と私の部屋に甚大の距離があって、それに救われたのである。

わが家へ来る人の全てが、綱男は泣くことが少いという点で評判が一致するようになったので、私もよほど気持が楽になった。私は女房がニンシンした時から、むかし何かの雑誌で見た千葉のお助けジイサンが子供の虫封じをしている写真を思いだして助からないような気持に苦しんでいたのであるが、意外にも、私の子供ともあろうものが、千葉のお助けジイサンの世話になりそうなところがミジンもなく、癇性《かんしょう》のところがない。何より私は安心した。

二カ月ぐらいたつうちに笑顔を見せるようになった。そうなると可愛くなった。犬と同じぐらいに可愛くなった。三カ月目ぐらいには、私を見ると笑顔で応じるようになり、犬よりも可愛くなったのである。二カ

**十何貫**　一貫は約三・七五キログラム。

**お助けジイサンが子供の虫封じをしている**　子どものまじない。「疳の虫」を鎮めるためのおまじない。昔は子どもが夜泣きや引きつけを起こしたりすることを「疳の虫が騒ぐ」と言った。社寺などで祈禱してもらうのも虫封じのひとつのやり方だった。

**癇性**　ちょっとしたことで怒る様子。

月目ぐらいの時に無理に抱かされたが、百日目ぐらいから、進んで子供を抱く気持にもなった。

私には財産が全くないので、今頃になって子供が生れると、何よりもその行末を案じることが先に立つ。女の子が生れるとよいと思ったのも、一つには女の子なら早く一人前になってオヨメに行ってくれるからという考えでもあったような次第で、男の子が生れたについては、その点でも暗い気持になった。否応なく生きて働かなければならないのかということが甚《はなは》だ負担に思われて、ややステバチのような気持にもならざるを得なかった。

しかし、わが子が犬よりも可愛いと思うようになると、その不安も暗さも、だんだん薄れるようになった。別に、生きぬいて働く自信ができたわけではないが、なんとなくただ漫然と自信がついてきたのである。

何よりも、子供が生れつき非常に健康で病的なところがないのが、私には奇跡的に思われて、それが自信をつけてくれたのかもしれない。とにかく私は、自分が梅毒ではないかとか、カタワの子供が生れやしないかとか、生れた時からのキチガイで母親を蹴殺してオヤジにいきなり襲

**カタワ**　片端。身体等に障害があることの蔑称。

いかかるような妖怪が生れやしないかなぞと、最悪のことばかり考えていた。したがって、よい子が生れ、それをどう育ててどんなにするなぞという世間なみのことは全然考えていなかったのである。そんな子は生れる見込がないとやや絶望的にきめこんでいた傾きがあった。したがって、当り前の子供が生れたということだけですでに私には奇跡的に思われ、それだけで自信がついたのかもしれないのだ。

「まったく私には子供が生れたということが今でも奇跡的に思うような気持が強い。オレにもこんな人なみのことが……と、妙な気持になることがままあるのである。そして今では子供の父になったことを嬉しく思っているのである。はじめはそうは思えなかった。子供の生れたことがウソのようにしか思えなかった。オレの子だなんて、とんでもないというような気持が強かったのだ」

子供が生れたばかりのころは、犬が子供に敵意をもち、噛みつこうとするので、こまった。それで犬よけのサクを造って子供を座敷牢に安置するような必要があったが、しかし当時は私自身がいつ子供をひねり殺すか、内々《ないない》その不安で苦しんでいた。人に語れない苦しみであった。

その苦しみが今ではなくなって、ただ愛情だけで子供を抱く気持になれたので、これも非常な安心であった。また犬もだんだん子供を愛すようになり、もう敵意はなくなったので、これも安心であった。

この写真は生後五カ月半であるが、発育は順調で、多くの点で私よりも健全のようだ。私はしかしまだこの子供に何も期待していない。どんな風に育てようという考えも浮かばない。ただマットウに育ってくれと願うだけで、そして子供の生れたことを何かに感謝したいような気持が深くなるようである。

**この写真は生後五カ月半であるが**　この文章が雑誌『キング』に発表された当時、安吾が息子・綱男を抱いている写真が掲載されていた。

## 反俗、反逆の作家も我が子の可愛さには逆らえず…不器用に綴られた「父になるまで」。

坂口安吾。本名、炳五《へいご》。丙午《ひのえうま》に生まれた五男であることにちなんで名づけられたが、漢文の教師に「自己に暗いやつだから暗吾と名のれ」と言われたことがペンネームの由来とされる。安吾といえば太宰治や織田作之助とともに〈無頼派〉と呼ばれる作家。〈無頼派〉というと「堕落論」のイメージも相まって真っ先に安吾の名前が浮かぶ、という人も多いのではないだろうか。そのキャッチーな題名に誘われて読んでみれば「堕ちきる道を堕ちきることによって、自分自身を発見し、救わなければならない」とある。落ちこぼれの文学青年が読めば間違いなくやられてしまう名文である。実際、安吾自身が学校では落ちこぼれだった。中学時代には落第している。しかしその学校の机の蓋の裏に「余は偉大なる落伍者となっていつの日か歴史の中によみがえるであろう」と彫り残してきたというから、半端者ではない。『堕落論』を発表したのは戦後すぐの頃で、小説では「白痴」や「戦争と一人の女」「青鬼の褌《ふんどし》を洗う女」「私は海を抱きしめていたい」「桜の森の満開の下」など、後に代表作となる作品が次々と発表している。戦中から戦後へのパラダイムシフトに対する疑念や、退廃美に対するあこがれなど、共通する雰囲気がいくつも見出せる。この時期、小説はミステリーにまで幅を広げ、評論も数多く発表、結婚もして絶好調！　かと思いきや、じわじわ薬物にはまり出す時期でもある。ヒロポンを常用し、やがてアドルム中毒で入院。その一方では税金滞納で原稿料まで差し押さえられて税金対策ノート（全五冊！）を作成したり、競輪の不正を告発するものの十分な証拠が出ず、逆に被害妄想に取り憑かれたりしている。競輪の判定写真を顕微鏡で調べようと群馬大学の工学部にまで出向いたが、電子顕微鏡で写真を拡大しても、見えるのは粒子だけだったという。しかしこの一件で桐生が気に入り、移り住んだというのだから結果オーライ（？）かもしれないが、世間が「半キチガイ扱い」するのも無理はない。綱男が誕生したときも、酒と薬物に酔って暴れまわり、松本の留置場にいたという。留置場から帰ってきたら子どもが生まれていたなんて、それは実感も湧かないだろう。そんな安吾が、子どもが生まれてからは貯金を考えたというのだから人間はわからない。ちなみにこの文章が発表された翌年に安吾は脳出血で亡くなるので、貯金どころではなかったのだが、綱男は無事成長して写真家となり、いまなお健在である。

（住本）

# 入社の辞

## 夏目漱石

# 入社の辞

夏目漱石

大学を辞して朝日新聞にはいったら逢う人が皆驚いた顔をしている。なかにはなぜだと聞くものがある。大決断だと褒めるものがある。大学をやめて新聞屋になることがさほどに不思議な現象とは思わなかった。余が新聞屋として成功するかせぬかはもとより疑問である。成功せぬことを予期して十余年の径路を一朝に転じたのを無謀だと言って驚くならもっともである。かく申す本人すらその点については驚いている。しかしながら大学のような栄誉ある位置を抛《なげう》って、新聞屋になったから驚くというならば、やめてもらいたい。大学は名誉ある学者の巣を喰《く》っている所かもしれない。尊敬に価する教授や博士が穴籠《あなごも》りをしている所かもしれない。二三十年辛抱《しんぼう》すれば勅任官になれる所かもしれない。その他いろいろ便宜のある所かもしれない。なるほどそう考えてみると結構な所である。赤門を潜り込んで、講座へはい上ろうとする候補者は――勘《かん》定《じょう》してみないから、幾人あるか分《わか》らないが、いちいち聞いて歩いたらよほどひまを潰《つぶ》すくらいに多いだろう。大学の結構なことはそれでも分る。余も至《し》極《ごく》御同意である。しかし御同意というのは大学が結構な所であるということに御同意を表したのみで、新聞屋が不結構な職業であるということに賛成の意を表したんだと早合《はやが》点《てん》をしてはいけない。

　新聞屋が商売ならば、大学屋も商売である。商売でなければ、教授や博士になりたがる必要はなかろう。月俸《げっぽう》を上げてもらう必要はなかろう。勅任官になる必要はなかろう。新聞が商売であるごとく大学も商売である。新聞が下《げ》卑《び》た商売であれば大学も下卑た商売である。ただ個人として営業しているのと、お上《かみ》で御営業になるのとの差だけである。

　大学では四年間講義をした。特別の恩命をもって洋行を仰《おおせ》つけられた二年の倍を義務年限とするとこの四月でちょうど年期はあけるわけになる。年期はあけても食えなければ、いつまでも噛《かじ》り付き獅《し》噛《が》みつき、死

**勅任官**　官吏、いまでいう役人の役職のひとつ。

**赤門**　漱石が講師を務めていた東京帝国大学の朱塗りの門で、大学の別称でもある。

**御同意**　「同意」の丁寧な言い回し。ここでは、やや皮肉な調子が込められている。

**月俸**　月給のこと。

んでも離れないつもりであった。ところへ突然朝日新聞から入社せぬかという相談を受けた。担任の仕事はと聞くとただ文芸に関する作物を適宜の量に適宜の時に供給すればよいとのことである。文芸上の述作を生命とする余にとってこれほど難有《ありがた》いことはない、これほど心持ちのよい待遇はない、これほど名誉な職業はない。成功するか、しないかなどと考えていられるものじゃない。博士や教授や勅任官などのことを念頭にかけて、うんうん、きゅうきゅう言っていられるものじゃない。

　大学で講義をするときは、いつでも犬が吠《ほ》えて不愉快であった。余の講義のまずかったのも半分はこの犬のためである。学力が足らないからだなどとは決して思わない。学生にはお気の毒であるが、まったく犬の所為《せい》だから、不平はそっちへ持って行っていただきたい。

　大学でいちばん心持ちのよかったのは図書館の閲覧室で新着の雑誌などを見る時であった。しかし多忙で思うようにこれを利用することができなかったのは残念至極である。しかも余が閲覧室へはいると隣室にいる館員が、むやみに大きな声で話をする、笑う、ふざける。清興《せいきょう》を妨げることは莫大であった。ある時余は坪井学長に書面を奉《たてまっ》て、恐れなが

**ところへ**　ちょうどそのとき。

**余の講義のまずかった**　漱石は教師業に不満を感じ、いつも不平をもらしていた。

**清興**　上品な楽しみ。

**坪井学長**　坪井九馬三（くめぞう）のこと。歴史学者。東京帝国大学の学長等を務めた。

ら御成敗を願った。学長は取り合われなかった。余の講義のまずかったのは半分はこれがためである。学生にはお気の毒だが、図書館と学長がわるいのだから、不平があるならそっちへ持って行ってもらいたい。余の学力が足らんのだと思われてははなはだ迷惑である。

新聞のほうでは社へ出る必要はないと言う。毎日書斎で用事をすればそれで済むのである。余の居宅の近所にも犬はだいぶいる、図書館員のように騒ぐものも出て来るに相違ない。しかしそれは朝日新聞とはなんらの関係もないことだ。いくら不愉快でも、妨害になっても、新聞に対しては面白く仕事ができる。雇人《やといにん》が雇主《やといぬし》に対して面白く仕事ができれば、これが真正の結構というものである。

大学では講師として年俸八百円を頂戴していた。子供が多くて、家賃が高くて八百円ではとうてい暮せない。仕方がないからほかに二三軒の学校を馳《かけ》あるいて、ようやくその日を送っていた。いかな漱石もこう奔命につかれては神経衰弱になる。その上多少の述作はやらなければならない。酔興《すいきょう》に述作をするからだと言うなら言わせておくが、近来の漱石は何か書かないと生きている気がしないのである。それだけではない。

**八百円**　この文章が発表された明治四十（一九〇七）年、公務員の初任給が五十円程度だった。

**奔命につかれ**　命令を受けて忙しく働くこと。

**酔興**　物好きな様子。

教えるため、または修養のため書物も読まなければ世間へ対して面目がない。漱石は以上の事情によって神経衰弱に陥《おちい》ったのである。

新聞社のほうでは教師としてかせぐことを禁じられた。その代り米塩《べいえん》の資に窮せぬくらいの給料をくれる。食ってさえゆかれればなにを苦しんでザットのイットのを振り回す必要があろう。やめるなと言ってもやめてしまう。休《や》めた翌日から急に背中が軽くなって、肺臓に未曾有《みぞう》の多量な空気がはいって来た。

学校をやめてから、京都へ遊びに行った。その地で故旧と会して、野に山に寺に社に、いずれも教場よりは愉快であった。鶯《うぐいす》は身を逆《さかし》まにして初音《はつね》を張る。余は心を空にして四年来の塵《ちり》を肺の奥から吐き出した。これも新聞屋になったお蔭《かげ》である。

人生意気に感ずとか何とか言う。変り物の余を変り物に適するような境遇に置いてくれた朝日新聞のために、変り物としてできうる限りを尽すは余の嬉しき義務である。

**米塩の資**　生活するのに必要な費用。

**ザットのイットの**　thatのitの。授業で英語を教えていたことをおかしみを込めて表現している。

**故旧**　古い友達。

**鶯は身を逆まにして初音を張る。**　江戸時代の俳諧師である宝井其角（きかく）の句を念頭にした一文。心機一転の気持ちが込められている。

**人生意気に感ず**　損得ではなく尊敬する人のために働こうとすること。中国の政治家、魏徴の詩に由来する。

# 仕事がうまくいかないのは犬のせい。合わないことはさっさと辞めて自分らしい道を行こう!

脱サラしてはじめたラーメン屋が美味いかどうかは議論の分かれるところであるが、この文豪が四十歳のときに選んだ大きな決断はどうやら吉と出たようだ。本名、夏目金之助。大学の先生の職を辞して、朝日新聞社に入社し専属の小説家となった。その後、文部省がせっかく博士号をくれるっていうのに、いや結構です、と頑固につっぱねた。牛込《うしごめ》馬場《ばば》下横町《したよこまち》に生まれ、生後まもなく里子に出されるというトラウマちっくな過去をもちながらも、帝国大学を卒業して文部省の命でイギリス留学もした。神経衰弱に悩まされつつ、そのまま学校の先生として黙々と働いていればやがては大学教授として出世することも決して夢ではなかったはず。なにかとめんどくせえ妻・鏡子と四人の娘たちを抱えながら、それでもエイヤと踏み出せたのは、『ホトトギス』で連載をしていた、ご存知ネコがお喋りすることで有名な文明批評小説、『吾輩は猫である』が好評をはくしたので、俺って筆一本でいけるんじゃね？　と思ったからだ。うっわ、あっぷね～。教師生活に対するイライラは、愛媛県尋常中学校の英語教師として赴任した経験に材をとった『坊ちゃん』にもよく出ている。入社後立て続けに連載していった前期三部作（『三四郎』『それから』『門』）、より人間の暗部に踏み込む後期三部作（『彼岸過迄《ひがんすぎまで》』『行人《こうじん》』『こころ』）、さらには『道草』や未完に終わった長編『明暗』といった小説群でもって、名実ともに近代文学史の金字塔を築いた。キング・オブ・ブンゴウ。なお、筆名の漱石とは、漢詩のなかに残る故事に由来する。孫楚《そんそ》という隠遁男がアウトドア生活の決意を説明するさい、石を枕にして小川で口をすすぐのだ、と言おうと思ったのに〈枕流漱石〉と間違えてしまい、それを友人に指摘されると、いや、流れで耳を洗い石で歯を磨くのだ、と強がりで返答したという。大学のなかで自分を押し殺して生きていく道を選ばなかった小説家・漱石は、みごと強がりを現実に変えてみせたのだ。胃潰瘍で苦しみながら四十九歳で逝去した。

（荒木）

# 巴里のむす子へ

## 岡本かの子

息子ラブ！　あの天才も常識人になってしまうぶっ飛び母さん

# 巴里《パリ》のむす子へ

岡本かの子

巴里の北の停車場でおまえと訣《わか》れてから、もう六年目になる。人は久しい歳月という。だが、私には永いのだか短いのだか判《わか》らない。あまりに日夜思い続ける私とおまえとの間にはもはや直通の心の橋が出来ていて、歳月も距離もほとんど影響しないように感ぜられる。私たち二人は望みの時、その橋の上で出会うことが出来る。おまえはいつでも二十の青年のむす子で、私はいつでも稚純《ちじゅん》な母。「だらしがないな、羽織の襟が曲《まが》ってるよ、おかあさん、」「生意気いうよ、こどもの癖に、」二人は微笑して眺め合う。永劫《えいごう》の時間と空間は、その橋の下の風のように幽《かす》かに音を立てて吹き過ぎる。

**稚純**　一人前の大人でありながら、その言動がまるで幼い様子。
**永劫**　途轍もなく長い年月。

二人の想いは宗教の神秘性にまで昂《たか》められている。恐らく生を更《か》え死を更えても変《かわ》るまい。だが、ふとしたことから、私は現実のおまえに気付かせられることがある。すると無暗《むやみ》に現実のおまえに会いたくなる。巴里が東京でないのが腹立たしくなる。

それはどういうときだというと、おまえに肖《に》た青年の後姿を見たとき、おまえの家へ残して行った稽古用品や着古した着物が取出されるとき。それから、思いがけなく、まるで違ったものからでもおまえを連想させられる。ぼんの窪《くぼ》のちぢりっ毛や、の太い率直な声音《こわね》、――これらも打撃だ。こういうとき、私は強い衝動に駆られて、もし許さるるなら私は大声挙げて「タロー！　タロー！」と野でも山でも叫び廻《まわ》りたい気がする。それが出来ないばかりに、私は涙ぐんで蹲《うずくま》りながらおまえの歌を詠む。おまえがときどき「あんまり断片的の感想で、さっぱり判りませんね。もっと冷静に書いて寄越して下さい」と苦り切った手紙を寄越さなければならないほどの感情にあふれた走り書《がき》を私が郵送するのも多くそういうときである。だが、おまえが何といおうとも、私はこれからもおまえにああいう手紙を書き送る。何故ならば、それを止めることは私に

**ぼんの窪**　うなじの中央の窪んだところ。

とって生理的にも悪い。

　おまえは、健康で、着々、画業を進捗していることは、そっちからの新聞雑誌で見るばかりでなく、この間来たクルト・セリグマン氏の口からも、または横光利一さんの旅行文、読売の巴里特派員松尾邦之助氏の日本の美術雑誌通信でも親しく見聞きして嬉しい。健気《けなげ》なむす子よと言い送りたい。年少で親を離れ異国の都で、よくも路《みち》を尋ね、向きを探って正しくも辿《たど》り行くものである。辛いこともあったろう。辱《はずか》しめも忍ばねばならなかったろう。一《いっ》たい、おまえは私に似て情熱家肌の純情屋さんなのに、よくも、そこを矯《た》め堪《こら》えて、現実に生きる歩調に性情を鍛え直そうとした。

「おかあさん、感情家だけではいけませんよ。生きるという事実の上に根を置いて、冷酷なほどに思索の歩みを進めて下さい。」

　お前は最近の手紙にこう書いた。私はおまえのいうことを素直に受容《うけい》れる。だが、この言葉はまた、おまえ自身、頑《かたくな》な現実の壁に行き当って、さまざまに苦しみ抜いた果ての体験から来る自戒の言葉ではあるまいか。とすれば、おまえの血と汗の籠《こも》った言葉だ。言葉は普通でも内容には

**クルト・セリグマン**　スイス生まれの芸術家。岡本太郎と深い親交があり、太郎に強く影響を与えた。
**横光利一**　小説家。代表作は「機械」など。詳しくは四十一ページを参照。
**松尾邦之助**　新聞記者、評論家。日仏の文化交流に貢献した。

沸々と熱いものが沸いている。戒《いまし》めとして永く大事にこの言葉の意味の自戒を保ち合って行こう。

　私たちがおまえを巴里へ残して来たことは、おまえの父の青年画学生時代の理想を子のおまえに依《よ》って実現さすことであり、また、巴里は絵画の本場の道場だからである。しかし、無理をして勉強せよとも、是非偉くなれとも私たちは決して言わなかった。ただ分相応《ぶんそうおう》にその道に精進すべきは人間の職分《しょくぶん》として当然のことであるとだけは言った。だのに、おまえはその本場の巴里で新画壇の世界的な作家達と並んで今や一《ひと》かどのことをやり出した。勿体《もったい》ない、私のような者の子によくもそんな男の子が……と言えば「あなたの肉体ではない、あなたの徹した母性愛が生んだのです」と人々もお前も、なおなお勿体ないことを言ってくれる。

　私たちの一家は、親子三人芸術に関係している。都合のいいこともあれば都合の悪いこともある。しかし今更このことを喜憂《きゆう》しても始まらない。本能的なものが運命をそう招いたと思うより仕方がない。だが、すでにこの道に入った以上、左顧右眄《さこうべん》すべきではない。殉ずることこそ、発見の手段である。親も子もやるところまでやりましょう。芸術の道は、

**職分**　職務上なすべき務め。役目。

**左顧右眄**　あれこれ周囲を気にして、なかなか決断しないこと。右顧左眄ともいう。

**殉ずる**　命を捧げる。

入るほど深く、また、ますます難《むず》かしい。だが殉ずるところに刻々《こっこく》の発見がある。本格の芸術の使命は実に「生」を学び、「人間」を開顕《かいけん》して、新しき「いのち」を創造するところに在る。かかるときにおいてはじめて芸術は人類に必需で、自他共に恵沢《けいたく》を与えられる仁術《じんじゅつ》となる。一時の人気や枝葉の美に戸惑ってはいけない。いっそやるなら、ここまで踏み入ることです。おまえは、うちの家族のことを芸術の挺身隊《ていしんたい》と言ったが、今こそ首肯《しゅこう》する。

私は、巴里から帰って来ておまえのことを話してくれる人毎《ごと》に必ず訊《き》く、

「タローは、少しは大きくなりましたか。」

すると、みんな答えてくれる。

「どうして、立派な一人前の方です。」

ほんとうにそうか、ほんとうにそうなのか。

私が訊いたのは何も背丈けのことばかりではない。西洋人に伍《ご》して角《かく》逐《ちく》出来る体力や気魄《きはく》について探りを入れたのである。

「むすこは巴里の花形画家で、おやじや野原のへぼ絵描き……」

**刻々**　その時その時。
**開顕**　仏教用語で、真実の教えを表し示すこと。
**恵沢**　恵み。
**仁術**　仁徳を施す方法。
**枝葉**　物事の重要でない部分。
**挺身隊**　危険な任務を遂行するために、身を投げ打つ覚悟で組織された部隊。
**首肯**　納得して賛成すること。
**角逐**　互いに競争すること。
**気魄**　他に力強く働きかける精神力。気迫。

　こんな鼻唄をうたいながら、お父様はこの頃、何を思ったかおまえの美術学校時代の壊れた絵の具箱を肩に担《かつ》いでときどき晴れた野原へ写生に出かける。黙ってはいられるが、おまえの懐かしさに堪えられないからであろう。

## 有り余る愛と才能！凡人には理解不能なパワフル一家の肖像。

ここで「おまえ」と呼びかけられているのは、一人息子の太郎。日本を代表する芸術家、「芸術は爆発だ！」で有名なあの岡本太郎である。そしてここに出てくる「お父様」（かの子の夫）は岡本一平といい、夏目漱石にもその腕を買われた人気漫画家。そしてかの子は当時、歌人、仏教研究家としてすでに名を成し、小説家として出発しはじめていた。とんでもない芸術一家である。しかしこの家族のとんでもなさは芸術一家であるという点にとどまらない。なんと、岡本家にはかの子の愛人が同居していたのだ。それも一人ではなく、のべ三人。この三人が入れ替わり立ち替わり、岡本家に居着く。ここで夫・一平がさぞ温厚で寛大な人なのだろうと思ってはならない。そもそも一平が結婚当初から浮気しまくっていて、発狂したかの子が次々に愛人を囲うようになったのだから、一平は何も言えないのである。文豪に何人もの愛人がいたというのはめずらしい話ではないが、大抵は男女が逆。そのうえで一平、かの子、太郎の三人はとても仲がよかったというし、愛人含めた家族写真（？）が何枚も残っていて、このケースは家族のありかたとか愛のかたちを考えさせられもする。かの子の何がそこまで人々を魅了したのかはわからないが、相当な人たらしだったのだろう。そういうわけでかの子は当時からコネもあったし、川端康成に「私どうしても小説家になりたいのですの」と手紙でアピールしたりしている。けれど実際、かの子の文章力は確かなものだった。芥川龍之介をモデルとした「鶴は病みき」で話題となり、「老妓抄《ろうぎしょう》」は芥川賞候補となる。「鮨」や「金魚撩乱」などの作品を、うっとりとするような文体でしみじみと味わい深く描いた。惜しむらくは、小説家としてこれからというときに亡くなってしまったことだろう。かの子の小説家としての活動期間は三年ほどしかない。『生々流転』『女體開顕』といった長編は遺作として死後出版された。ちなみに夫の一平はかの子の死後わりとすぐ再婚する。

（住本）

# 「泉」を創刊するにあたって

有島武郎

今日からインディペンデント宣言。
本当にやりたいことをやるという覚悟。

# 「泉」を創刊するにあたって

有島武郎

私は毎月雑誌新聞の類に何かを書かねばならなくされる。それが常によい気持ちをもってばかりではない。時には心にもなく注文を引き受けた自分に対する憤懣《ふんまん》にいらいらしながら約束の期限が迫ったために筆を執るような時もある。それを受け取る人に対しても、それを読む人に対しても、また自分自身に対しても、不満であらねばならぬ状態にあって筆を執るような時もある。そして私はついに自分の弱さに呆れてしまった。こんなことをしていては済まないと考えるような日が続いた。そしてついに自分一人の雑誌を出して見ようという決心に到達した。どうせ毎月いくらかずつのものを書かねばならぬのなら、それを一つにまとめ

憤懣　いきどおってイライラすること。

て発表した方が、自分としても快《こころよ》いし、私の書いたものを読もうとしてくれる人にも便宜であると考えたからだ。

しかのみならず、私が文壇に踏み入ったそもそもから私の主張は一家一流派ということであった。何によらず私は一体党派というものが極端に嫌いだ。殊に文壇においてこれがあるのは罪悪だとすら考えているものだ。この考えを徹底する為ばかりから云《い》っても、私が自分一個の雑誌を持つのは当然なことなのだ。私は遠《とお》の昔にそれを実行していなければならぬはずだったのだ。

今後私のこの企図《きと》がどれだけ続き得るかについては何等の自信もない。私は毎月予定の頁数を埋めるつもりではあるが、書くことがなければ埋めたいにも埋めようがない。またいつ倦《あ》きが来て、やめたくなるかもしれない。またこの雑誌が売れないで、その収入からでは本屋も立ちゆかないし、私の生活も脅かされるようになったら、今までどおり、已《や》むを得ず他の雑誌に書いて、原稿料をもらうことに腐心せねばならぬかもしれない。その時はまたその時のことだ。「今日のことは今日にして足れり」、それを私は自分にとってのいい金言とする。

**しかのみならず**　それだけでなく。
**党派**　主義や思想を同じくする団体。

**企図**　試み。計画。

**「今日のことは今日にして足れり」**　その日のことはその日のことだけで完結するの意。新約聖書にこれと近い文言がある。
**金言**　格言。

しかし私がこの雑誌を持つことは何しろ愉快だ。この雑誌の読者は確かに私の読者だ。私は直接に私の読者にのみ話しかけることが出来るのだ。一人の著作家にとってこれ程会心《かいしん》なことは他にあり得ないだろう。

この雑誌が幸《さいわい》にして存続の運命を荷《にな》い得たら、読者と私との親しみは、段々はっきりして行くだろう。私は読者に対して、以前にはあり得なかった友情の中に置かれ得るだろう。そしてこの雑誌によって、読者間の友情もまた実現されるだろう。もし、かくの如くして実現された友情が、何等の規約も、束縛も、虚礼《きょれい》もなく、平等な関係において深まって行くならば、その数は縦令《たとい》いかに少なくとも、そこには一つの世界が創り出されるだろう。私もまたその友情の小さな一分子として数えてもらいたい。

しかしながら、そこには一つの無理があってもいけない。一つの強制があってもいけない。一つの不自然があってもいけない。ここに出来上った友情が、銘々の自由をいささかでも妨げた瞬間にはその友情はすぐに破り去られなければならぬ。集散離合を気にかけるのは私達のことではない。

**会心**　心に叶うこと。

**虚礼**　うわべだけの礼儀。

**縦令**　たとえ。

**銘々**　各人。

**集散離合**　離合集散。結集したり解散したりすること。

私は常に歩いて行こうと思う。昨日の私の言葉は、今日の私の言葉ではないかもしれない。今日の私の行いは、明日の私の行いではないかもしれない。私は自分自身にすら束縛されないものであろう。云うべきことは出来るだけの素朴さをもって云い放とう。その結果を顧慮《こりょ》しまい。自分がしっかり持つと信ずるものだけを筆にしよう。小さな種子……あとは風が欲するところにそれを運び去るだろう。それは私の関知する限りではないのだ。

**顧慮**　心配すること。

## 働かなくても食べていける…真面目過ぎる男、晩年の決意。

大正十一（一九二二）年の十月、有島武郎は個人雑誌『泉』を創刊し、自分の創作物をここでだけ発表しようと決意する。オルタナティブ宣言。背後にあったのは、北海道の大自然を背景に乱暴な小作人・仁右衛門の悪戦苦闘を描いた『カインの末裔』の予期せぬヒットによって大正の人気作家ランキングで上位を占めるほどの売れっ子になってしまった男の苦悩があった。もともとは裕福な家に生まれ学習院という名門学校に通い、お友達は皇太子というなんとも貴族的な出自。弟には同じく作家として有名になる有島生馬《いくま》と里見弴《とん》がいる。アメリカ留学を経て、学習院の連中が中心につくった同人誌『白樺』にちょっとした先輩格で参加。ここで連載した「或る女のグリンプス」は、国木田独歩の妻でもあった佐々城《さ さ き》信子をモデルにした波乱万丈な女の人生を描いたものだが、やがて『或る女』と改題されてそのリアリズムがのちに高く評価される。以降、本格的に文学者になろうとするも、働かずとも生活していける自分の境遇に良心の呵責を感じずにはいられなかった。木田金次郎をモデルにした若い画家と彼の訪問を受けた自信喪失ぎみ作家との交流を描いた『生れ出づる悩み』にも、そのうじうじ加減の一端がよく表れている。父や妻の死にもめげずそれなりに頑張って書いてきたものの、最近スランプで、しかも書けなくても食うに困らないってのがなお悔しい……そんな袋小路を打開する一案が冒頭の個人雑誌創刊計画だった。さらに、変に財産があるからオレの生活ダメなのでは？　というこじれた疑念によって、親父から譲り受けた北海道はニセコの土地の権利を放棄して小作人たちに明け渡すという自ら退路を断つ最終手段にも踏み込んだ。この男の辞書にホドホドという言葉はない。評論「宣言一つ」は短いながらも知識人における社会運動を論じるさいのマスターピースである。心機一転がんばるぞ。なお、創刊の翌年、女性記者・波多野秋子と軽井沢の別荘で一緒に首吊り自殺をするというショッキングな最期をむかえた。四十五歳であった。そこで死ぬんかい！　って感じである。（荒木）

# 酒とドキドキ

江戸川乱歩

あれが好きだけど、こっちも旨いのよ。
男・還暦、陽気な酒のたしなみ方。

# 酒とドキドキ

江戸川乱歩

わたしのおやじは、大酒というほどではないが、酔っぱらって勝手なふるまいのできる方であった。酒宴が好きで自から下手な踊りも踊った。わたしは少年時代からそれを見ているのだが、体質的に酒がだめだった。青年時代に呑もうとつとめたが、たちまち顔が赤くなり、胸が早鐘《はやがね》を打ち、一合ぐらいで寒気がして震え出した。それに、性格が厭人《えんじん》的で、酒宴の席を好まず、エロばなしを嫌悪したので、酒にはほとんど親しまないで来た。戦争前までそうだった。しかし、その一方では、われを忘れるほど酔っぱらえたら、さぞよかろうなあとは、いつも心の隅で考えていたのである。

**早鐘**　動悸が激しくなることのたとえ。
**厭人**　人間嫌い。

戦争で酒に慣れ、人に慣れた。まず隣組というもので人に慣れ、町会や警防団や区の翼壮《よくそう》などの役員で人前に出ることに慣れ、人前で喋ることに慣れ、それからみんなと呑んで騒ぐことに慣れた。五十をすぎて、やっとそこまで来たのである。あの頃は世間に酒のないときでも、警察へ行けば、税務署から廻ってくる酒があった。こっちは食糧不足で腹の方で何か養分を要求しているのだから、酒を呑んでも無事に腹に納まり、はなはだ美味に感じた。

戦争末期から戦後にかけては、何かというと、無理をして牛鍋などを算段し、酒を手に入れて、自宅で友人たちの集まりを開くことが多かった。食糧不足への反抗である。

そんなことから、戦後は人見知りをしなくなり、凡俗化して酒を愛し、宴会を愛するようになった。年のせいであつかましくなったのだとすると自己嫌悪だが、今では昔ほどの自己嫌悪もない。自然のなり行きにまかせて、ことさら改める気にならないのである。

そういうなり行きだから、六十を越しても、酒の味を真に理解しているわけではない。わたしは地理のオンチで有名だが、料理もまずオンチ

**隣組**　町内会・部落会の下部組織。乱歩は戦時中、この隣組の活動にのめり込み、隣組長までのぼりつめた。
**翼壮**　大日本翼賛壮年団の略。大政翼賛会の傘下団体のひとつ。

**凡俗**　世間並みで俗っぽいこと。

に近く、酒もオンチである。日本酒、洋酒、ビールのなかでは、わたしの口には日本酒が一番うまい。あまり甘口は好まない。やはり菊正ふうのものがよい。肴《さかな》はなんでもよろしい。牛鍋でさえ結構である。呑むときには大いに食う方である。

しかし、わたしの心臓には洋酒の方がよろしい。洋酒といっても、スコッチのハイボールが普通だが、ハイボールというものは、なんだか水っぽくて、あまりうまくはないけれど、ストレートでは胃袋にこたえる。これは戦争前の話だが、一人で寝ていて、枕もとにジョニーウォーカーと水を置き、ストレートでチビチビやりながら、板チョコを肴にしたことがある。チョコレート・ボンボンの子供趣味だが、わたしにはおいしくて、しばらくそれをつづけたものだ。

日本酒だと一合で赤くなり、少しドキドキし、二合で大ドキになり、三合ではドキンドキンになり、ひどく苦しいのである。ハイボールなら十杯のんでも日本酒ほどにはこたえない。ハイボールでは、どこにでもあるものでは、わたしには黒白がよろしい。

喉のかわいた時のビールは、むろんよろしい。ビールでは、わたしに

**菊正**　菊正宗のこと。酒の銘柄。

**黒白**　角瓶ウイスキーの種類を指していると思われる。「黒角」「白角」と呼ばれ、それぞれラベルで色分けされている。

は、つまみのものよりも、薄く切った脂の多いトンカツに生キャベツが適薬である。風呂から上がって、これをやるのは格別。しかし、わたしは腸が弱く、よく下痢をやるので、それにはビールは毒だから、特別に喉のかわいたときのほかは、なるべくハイボールにしている。ビールでもむろんドキドキする。一本で小ドキになる。その点でもハイボールのほうがよろしい。

小料理屋などで会があると、洋酒が置いてないので、近所の酒屋からサントリーの旅行瓶を買わせ、自分だけハイボールを呑む。あまりうまくないが、日本酒をすごして大ドキになるよりはましなのである。

酒呑みに聞いてみると、大酔は別として、普通に酔ったぐらいでは、心臓は平静だそうである。それが左利きの体質なのであろう。わたしは五、六杯で小ドキになり、十数杯でドキドキになり、三合で大ドキになる。やはり酒呑みの体質ではない。そのくせ酒席が好きなのだから困りものである。もっとも、わたしは酔うのも早いが、さめるのも早く、場所を変えれば、その途中でさめて、またあらためて小ドキからはじめることができる。

**適薬**　病気や症状に対してよく適した薬。

**すごして**　飲みすぎて。

**左利き**　酒に強いこと。または、酒に強い人。

ごくまれには、大ドキの次に眠りの来ることがある。いつか城昌幸君と葉山の堀口大学さんを初めて訪ねたとき、ちょうど地方の名酒がとどいていて、堀口さんの手燗で御馳走になったが、うまい酒なので、ついすごして、初訪問の堀口さんの前で、ゴロリと横になって、グッスリ眠ってしまった。先方には失礼だが、そういうことは善酔した場合に限るので、多くは大ドキがいつまでもつづいて、家に帰っても苦しくて寝つかれないのが普通だ。

この眠るというのも、酒にわれを忘れる一種にちがいないが、眠らないで、起きていろいろな行動をしながら、われを忘れるのが真の酔態であろう。酒を呑むからには、いつ、どうして家に帰ったのか、わからないようなのが理想的だと、そういう酔人を羨《うらや》ましく思っていたが、つい近頃、わたし自身、生れてはじめて、そういう経験をして、大いに満足であった。いつの間にか友人と二人きりになって、ある家へ行って酔態をさらしたのだが、そこまでは半分ぐらい覚えているけれども、どうして車に乗ったのか、いつ家へ帰ったのか、全く覚えていない。それでも無事に自宅へ着いているから妙なものである。あとで聞くと、友人にた

**城昌幸**　城左門。小説家、詩人、編集者。

**堀口大学**　詩人、歌人、フランス文学者。代表作は詩集『月光とピエロ』など。

**手燗**　乱歩の造語。おそらく「手酌」から派生して、自ら燗をつけることと思われる。

**善酔**　乱歩の造語。「悪酔」の逆の意と思われる。

いへん手数をかけたらしい。こうなると、もう大ドキドキも意識しない。近頃にない善酔であった。

## 少年のヒーローを生んだ男が筆を走らせる大人の愉しみ。幻想の世界に遊ぶ大家《たいか》が見たひとときの夢。

この文章が発表された昭和三十一（一九五六）年、江戸川乱歩は六十二歳。すでにいくつもの代表作が書かれており、大御所となって久しい頃である。しかし乱歩の人生はいつも順風満帆というわけではなかった。明治二十七（一八九四）年、三重県生まれの乱歩は、本名を平井太郎という。高校進学を目前にして実家の商店が破産したため、一旦は学問の道を諦めたものの、苦学をして早稲田大学大学部政治経済学科に進学。そこで筆名の由来ともなったエドガー・アラン・ポーや、コナン・ドイルを読みふける。そのまま小説家になるかと思いきや、貿易会社に就職。最初は実直に働き仕事もデキるほうだったが、一年ほどで嫌気がさし、退職。放浪の旅に出る。以後乱歩は四十歳くらいまで、熱心に労働→嫌気がさして退職→放浪の旅へ、というパターンをくり返し、作家になってからも自分の作品に納得がいかず、休筆をくり返している。作家になるまではチャルメラを吹いて支那そばの屋台を引いたり、映画監督になろうとして映画論を映画会社に送ったりしたこともあるらしい。そんな乱歩がデビューしたのは、結婚し子ども生まれて失業中だった大正十二（一九二三）年のことだった。雑誌『新青年』の編集長に「二銭銅貨」を送ったところ掲載されてデビュー。「D坂の殺人事件」「心理試験」「屋根裏の散歩者」「人間椅子」など、人間の心理を生々しく描いた推理・ホラー小説を次々と発表する。これらが当時の都市の退廃的な雰囲気を表した〈エロ・グロ・ナンセンス〉と呼ばれる風潮とマッチした。だからそんな乱歩が本文にあるように「エロばなしを嫌悪した」というのは、ちょっと意外な話だ。それから昭和十一（一九三六）年には怪人二十面相、明智小五郎、小林少年などが登場する『怪人二十面相』『少年探偵団』などの児童向け探偵小説シリーズが始まり、現在まで読みつがれる大ヒット作となる。また同時期に乱歩が書いた『黒蜥蜴』が後に三島由紀夫によって戯曲化され、丸山（美輪）明宏が主演をつとめることとなる。江戸川乱歩、絶好調！　かと思いきや、その後戦争が激しくなるにつれて著作が発禁処分になったり、旧作が絶版となったりして無収入に。さぞや戦争を恨んでいたことだろう……と思いきや、乱歩は戦争協力には積極的だったというから人間はわからない。そんな乱歩が好んだ言葉に「うつし世は夢よるの夢こそまこと」というものがあるが、このことからフィクションに託した思いが垣間見える。

（住本）

# 児を亡くして

## 与謝野晶子

たくさん産んで、たくさん生きて。
三つの時代を駆け抜けた肝っ玉母さん。

# 児《こ》を亡くして

与謝野晶子

私は十回目の産褥から近く蘇って来た。これは誇張の言葉で無く私の実感である。

「蘇って来た」と云《い》う感は何時も産を怖れる私の産後の実感であるが、このたびほどしみじみと九死の境から蘇生して来たと云う感を覚えたことは無い。私は産をしたその日の朝の光に対して、世界が全く新たになったように思ったことの嬉しさを今日もなお私の魂の何処かに持続している。

このたびの産に臨んで、私は自分が非常に卑怯な一人の女になっていることを知った。私は従来になく産時の出血や産後の悪熱による死を非

**産褥**　出産後の母体が回復するまでの期間。
**近く**　最近。
**九死の境**　生きるか死ぬかの瀬戸際。

常に怖れた。この恐怖には民族的の理由も国家的の理由も無かった。全く母としての個人的理由からであった。数人の子供達の養育のために生きていてやりたいと思う外《ほか》に、結局押詰めて見ると何の理由も無いのを知った。私は産前数日に迫って、どんなに卑怯未練の悪名を負わされても関わないから、ほんとうに生きていたいと思って人知れず泣いた程であった。

私はこうして度々死によって脅かされる母の愛は、そのたびに熱度と密度と強度とを増すものであるように思った。また父の愛はこれに匹敵する鍛錬を何によって得るであろうかとも疑うのであった。

私の産は近江ドクトルの無痛安産法によって案じたとは反対に無事に済ませたのであった。生れた児供《こども》は二日目に「メレナ」と云う大患を突発して亡くなってしまった。それは愛らしく美くしい男の児であった。初生児の「メレナ」は癒《なお》る見込が無いと云う医師達の診断に従って空《むな》しく死を待つより外なかった。万一の僥倖《ぎょうこう》を頼む医師達が絶対の安静を強要して児供を動かすことを許されないために、私はせめて一度でも自分の乳を呑ませて死なせたいと思いながら終《つい》にそれを果さなかった。気息

**押詰めて**　よくよく考えて。

**関わない**　「構わない」の意。

**近江ドクトルの無痛安産法**　順天堂病院にいた近江湖雄三がドイツからもってきた無痛分娩の方法。

**案じた**　心配した。

**「メレナ」と云う大患を突発して**　メレナとは黒い便のこと。吐血や下血などの症状を出す病気に突然かかったということ。

**僥倖**　思いがけない幸せ。

**気息**　呼吸。息。

を引取った後に、その児は初めて産褥にいる母の手に抱かれるのであった。

私はわずかに二夜の間その児供と臥床《ふしど》を並べて寝た。しかも後の一夜は大理石の白さと冷《つめた》さと沈黙を持った小さな悲しい天使であった。私は今日まで母の聖職に合格して来ながら俄《にわ》かに今度はその資格が不足していると云って突き落されたような味気なさを感じた。また多勢の兄達や姉達のためにこの児が犠牲になって母の身代りに死んでくれたような不憫さをも感じた。また妊娠以来久しい間の苦労の無駄になったことを思って、私と児供の上に働く自然の意志の不真面目なことを憎んだ。しかしその中にも私自身の命が助かったことを他の子供達のために喜んだ。

それから幾日か経った。今私の思うことは、児供の死は追うとも帰らないことである。それよりも私はこのたびの不幸を転じて幸福に換えることを考えねばならない。もし児供が生きていたら、少《すく》なくとも今後の一年は授乳その他養育上の身労と気苦労とのために、私は多大の勢力を費したであろう。私は亡くなった児供によってそれだけの精力がこの自分の上に遺されている。私はこの精力を他の子供の上に利用するばかりで

**臥床** 寝床。

**身労** 体の疲れ。
**勢力** 勢いと力。

無く、私に遺された精力として特に私自身の修養のために利用したいと思う。私は今後両三年の間、力《つと》めて読書と旅行との暇を作る積りである。

**修養**　精神を鍛え、より優れた人格形成に臨むこと。
**両三年**　二、三年のこと。

## 母、作家、教育者としてフル稼働。時代を切り開いた一線の女性が垣間見せた素顔。

歌人の与謝野鉄幹（本名は寛）と結婚した晶子は、とにかく子だくさんな家庭を築くことになった。現代ならば絶対に大家族もののテレビ番組で密着取材されていたに違いない。そんなビッグダディならぬビッグマミーこと晶子は生涯に十一回の出産を経験。その脅威の数字を支えたのは当時まだ目新しかった無痛分娩法の実践。というより晶子が最初にやりはじめたといわれることもある。そして十回目の分娩に成功するも生後二日で死んでしまったのがここに言及された、寸と名づけられた赤ん坊だった。大正六（一九一七）年、晶子三十八歳のときのこと。なお、藤子という女の子を産んだ最後の出産は四十歳のころだった。晶子の旧姓は鳳《ほう》、本名は志よう。和菓子屋の三女として生まれた晶子は、店番と女学校通いをしながら、中世ロマンへの憧れを多分にふくんだ古典の独学にはげむ。教え子とイケナイ関係になりすぎな鉄幹との交際は当初は不倫同然のものだった。それと並行して、鉄幹が主宰する『明星』にて詩的才能が開花、刊行された詩集『みだれ髪』は自由な恋愛を高らかに歌い上げたことでセンセーショナルな評判を呼び寄せた。日露戦争下、反戦歌としても読みうる有名な「君死にたまふこと勿《なか》れ」が発表されたのも『明星』誌上でのこと。また、教育にも深い関心を寄せ、西村伊作という教育者とともに作り上げた文化学院は日本初の男女共学学校として名を広めた。フェミニストの平塚らいてうとは、母性保護論争（国家が母を支援すべきか女性が経済的に自立するべきか論争）で争い、国家依存よりも自立を選ぶなど割と反国家主義の人のように受け止められることが多いが、意外と天皇リスペクトがあつい。マルクス主義にも厳しめの意見をもつ。背後には幼いころよりつちかった中世や宮廷文化への憧憬があるが、これは『源氏物語』の現代語訳などの古典蘇生の仕事に結晶していった。完成していた訳稿の原稿用紙千枚が関東大震災で焼失してしまったこともあるのにそこから立ち直れたのがすごい。もう紙もペンも見たくないよ、ってならなかったのは亡き子供から授かった「精力」によるものなのだろうか。（荒木）

長谷川辰之助

森 鷗外

無情の風は時を選ばず。
会いたい人には会っておけ。

# 長谷川辰之助《たつのすけ》

森　鷗外

逢いたくて逢わずにしまう人は沢山ある。

それは私の方から人を尋ねるということが、ほとんど絶待《ぜつだい》的に出来ないからである。何故出来ないか、私には職務があると弁解して見る。しかしこの弁解は通らない。誰だって職務の無いものはあるまい。何かしらしているだろう。

役所に出る前、役所を引いた後、休日などがあるから、人を尋ねれば尋ねられるはずである。ところが、朝なぞは朝飯を食っているとお客に掴まる。夕方帰って見ると、待ち受けている人がある。土曜日の午後、日曜日、大祭日《たいさいじつ》なぞには朝からお客に逢う。一人と話をしているうちに、

**絶待**　他に並ぶもののない様子。仏教から来ている言葉。

**大祭日**　国や皇室の祭典を行う祭日のうち、最も重要な日。

後の一人が見える。とうとう日が暮れてしまう。

面会日というものを極《き》めている人もある。極めるとなると、なんだか自分で自分を縛るような心持《こころもち》がして不愉快である。それも嫌だ。

あるときお客の淘汰をしようとした。お客の話の中で一番面白くないのは、何か書け、書けません、是非書けの押問答《おしもんどう》である。それをやるに極まっている新聞雑誌の記者諸君だけを謝絶して見ようと試みた。取次《とりつぎ》に教えてある挨拶はこうである。お話にいらっしゃったのなら、どうぞお通り下さい。新聞社や雑誌社の御用でいらっしゃったのならお断《ことわり》申します。まずこんな風に言わせるのである。

しかしこの淘汰法は全く失敗に終った。個人の用だと云《い》ってお通りになる。自分の心得《こころえ》のために承知して置きたいというので、色々な事を聞いて帰られる。それがやはり何かに出るのである。

新聞の探訪は手段を選んでは出来ない。訪問記者だってほとんど同じ道理であろう。そのくらいな事をやられるのは無理はない。

その外《ほか》素直に帰った人は憤懣《ふんまん》しているのだから、飛んだ処《ところ》で、その鬱《うっ》憤《ぷん》を洩《も》らすこともある。人の名誉とか声価《せいか》とかというようなものは活板《かっぱん》で

**声価**　名声。
**活板**　活字を組み合わせて作る印刷板。またはそれによる印刷。活版。ここでは印刷物に名前が載ることを示す。

極められる活板時代であるから、新聞雑誌の記者諸君を片端から怒らせるのは、まるで自分で自分の顔に泥を塗るようなものである。お客の淘汰は所詮出来ない。依然どなたにでもお目に掛かる。常の日の内にいる時間も、休日も、祭日もお客のお相手をする。人を尋ねる余裕はない。

私はこんな風に考えている。もっとも私だとて、こんな風に考えているのを立派な事だとは思っていない。こんな風に考えざることを得ないのは、実に私の拙《せつ》なのである。

私の時間のやりくりに拙なのは、金の遣操に拙なのと同一である。拙は蔵するが常である。しかし拙を蔵するのも、金を蔵すると同一で、気苦労である。今は告白流行の時代である。よって私は私の拙を告白するのである。

長谷川辰之助君も、私の逢いたくて逢えないでいた人の一人であった。私のとうとう尋ねて行かずにしまった人の一人であった。

浮雲には私も驚かされた。小説の筆が心理的方面に動き出したのは、日本ではあれが始《はじめ》であろう。あの時代にあんなものを書いたのには驚かざることを得ない。あの時代だから驚く。坪内雄蔵君が春の屋おぼろで、

**常の日**　平日。

**拙**　つたないこと。

**蔵する**　所蔵する。

**今は告白流行の時代である。**　明治四十（一九〇七）年に田山花袋「蒲団」が発表されるなど、当時はありのままを描く自然主義文学が隆盛し、自分の経験を元にした私小説が流行した。このことを踏まえて鷗外は「告白流行の時代」と呼んでいる。

**長谷川辰之助**　二葉亭四迷の本名。小説家、翻訳家。代表作は『浮雲』（小説）など。

**坪内雄蔵**　坪内逍遥の本名。小説家。代表作に評論『小説神髄』など。

矢崎鎮四郎君が嵯峨《さが》の屋おむろで、長谷川辰之助君も二葉亭四迷である。あんな月並《つきなみ》の名を署して著述する時であるのに、あんなものを書かれたのだ。嘘の名を著述に署することはどこの国にもある。昔もある。今もある。後世もあるだろう。しかし「浮雲、二葉亭四迷作」という八字は珍《めず》らしい矛盾、稀なるアナクロニスムとして、永遠に文芸史上に残して置くべきものであろう。

翻訳がえらいということだ。私は別段にえらいとも思わない。あれは当前だと思う。翻訳というものはあんな風でなくてはならないのだ。あんな風でない翻訳というものが随分あるが、それが間違っているのである。あれがえらいと云われたって、亡くなられた人は決して喜びはせられまいと思う。

著作家は葬られる運命を有している。無常を免れない。百年で葬られるか、十年で葬られるか、一年半年で葬られるかが問題である。それを葬られまいと思ってりきんで、支那では文章は不朽の盛事《せいじ》だ何ぞという。覚束《おぼつか》ない事である。棺を蓋《おお》うて名定まる何ぞともいう。その蓋棺《がいかん》の後の名が頗《すこぶ》る怪しい。Stendhal《スタンダ(ー)ル》の作をGoethe《ゲーテ》が評した。それがギョオテの全

**矢崎鎮四郎**　小説家、詩人。代表作に「初恋」など。

**アナクロニスム**　時代錯誤。時代遅れ。

**支那**　中国。

**盛事**　規模が大きくて盛んな事業。

**棺を蓋うて名定まる**　死んでから名声が確定する。

**蓋棺**　棺にふたをすること。人の死。

**Stendhal**　スタンダール。フランスの小説家。代表作は『赤と黒』『パルムの僧院』など。

**Goethe**　ゲーテ。ドイツの詩人、劇作家、小説家。代表作は『若きウェルテルの悩み』『ファウスト』など。

**ギョオテ**　ゲーテのこと。ゲーテのドイツ語の発音は日本人には難しく、当時の日本語表記は多岐にわたった。

集に残っていて、名前の誤植が何板を重ねても改められずにいた。そのスタンダルの掘り出されてもてはやされる時も来る。Gottsched《ゴットシェット》は敵役であった。ギョオテやSchiller《シラー》が吹聴《ふいちょう》せられるので、日本にまで悪名を伝えられていた。それがどうやら昨今掘り出され掛かっているようだ。

　死んで葬られるのは当前とも言われる。生きていて葬られるのは多少気の毒である。生きてぴんぴんしている奴を、穴を掘って押し落して、上から土を掛けることは珍らしくない。

　自分が頭を出すために人を生埋《いきうめ》にすることがある。頭を出すくらいの人なら、人を生埋にしなくても頭を出すに差支《さしつかえ》はない。それを人を生埋にしなければならないように思うのは、目が昏《くら》んでいるのかもしれない。しかし人は皆達観者ではない。著述家だって目の昏んでいるのがあるのはしかたがない。

　人を生埋にすることにばかり骨を折っていて、自分の頭はどうしても上がらないのもあるようだ。こんなのは御苦労千万《せんばん》である。

　西洋人は人を葬るとき、土は汝の上に軽かれと云う。生埋にしたとき、頭の上の土が余り軽いと、またひょっくり頭を出すことがある。

**Gottsched**　ゴットシェット。批評家、劇作家。

**Schiller**　シラー。ドイツの詩人、劇作家、歴史学者。代表作は『群盗』(戯曲)など。

長谷川辰之助君などもこんな風にレサアレクションをやられた一人かと思う。

平凡が出た。

私はまた逢いたいような気がした。しかしこの人のいわゆる自然主義の牛のよだれが当って、「しゅん」外れの人に「しゅん」がまた循《めぐ》って来たのが、すなわち葬られて更に復活したのが、かえって一層私を尋ねて行きにくくしたような心持がした。

流行《はや》る人の処へは猫も杓子も尋ねて行く。何も私が尋ねて行かなくても好《よ》いと思う。こういう考《かんがえ》も、私を逢いたい人に逢わせないでしまう一の原因になっている。

中江篤介君なんぞは、先方が一度私を料理屋に呼んで馳走をしてくれたことがあるのに、私は一度も尋ねて行ったことがない。それが不治の病になったと聞いて、私はすぐに行きたいと思った。そのうちに一年有《ゆう》半《はん》の大評判で、知らない人がぞろぞろ慰問に出掛けるようになった。私はとうとう行かずにしまった。尾崎徳太郎君も私の内で雲中語《うんちゅうご》という合《がっ》評《ぴょう》をする席へ、一度来てくれたことがある。これも不治の病になった。

**レサアレクション**　復活。

**平凡**　二葉亭四迷が書いた最後の小説。自然主義の作風で自然主義を皮肉ったパロディ的小説。

**自然主義の牛のよだれが当って**　『平凡』がヒットしたことを示している。「牛のよだれ」は『平凡』で自然主義をだらだらと長いだけ、と皮肉ったときの語句。

**中江篤介**　中江兆民の本名。政治家、思想家。

**一年有半**　中江兆民の随筆集。余命一年半と宣告されて書きはじめた。

**尾崎徳太郎**　尾崎紅葉の本名。小説家。代表作は『金色夜叉』『多情多恨』など。

**雲中語**　鷗外が主宰した雑誌『めさまし草』の合評欄。鷗外を中心に幸田露伴や尾崎紅葉などが参加した。

**合評**　複数人が集まって、一緒に同じ作品を批評すること。

今度は私も奮発して、横寺町《よこてらまち》の二階へ逢いに行った。この人は色の浅黒い、気の利いた好男子で、不断身綺麗《みぎれい》にしている人のように思っていたが、病気の診断が極まって余程立ってからであったにも拘《かか》わらず、果《はた》して少しも病人臭くはしていなかった。愉快に話をした。菓子を出して残念ながらお相伴《しょうばん》は出来ないと云った。私は今でも、あの時行って逢って置いて好かったと思っている。

話が横道に這入《はい》ったが、長谷川辰之助君を尋ねることは思いながら出来ずにいて、月日が立ったのである。

しかしまるで交通がないのではない。Gorjkiを訳するのに、独逸《ドイツ》訳を参考したいと云って、借りによこされたから、私は人に本を貸すことは大嫌《だいきらい》なのに、この人にだけは貸したことがある。何とかいう露西亜《ロシア》人が横浜で雑誌を発刊するのに、私の舞姫を露語に訳してやりたいが、差支はなかろうかと、手紙で問いによこされたことがある。私は直《すぐ》に差支はないと云ってやった。程なく雑誌に舞姫が出ることになると、その雑誌社から、わざわざ敬意を表するという電報が来た。次いで雑誌を十部ばかり送って来た。私は余り丁重にせられて恐縮した。そんな風にしてい

**横寺町の二階**　横寺町は東京都新宿区の地名。紅葉は二階建ての母家に住み、二階を書斎、応接間にし、一階には泉鏡花などの弟子が住んだ。

**交通**　交流。

**Gorjki**　ゴーリキーのことと思われる。ロシアの小説家、劇作家、詩人。代表作は『どん底』(戯曲)など。

るうちに、ある日長谷川辰之助君は突然私の千駄木の家へやって来られた。

前年の事ではあるが、何月何日であったか記憶しない。日記に書いてあるはずだと思って、繰返して去年じゅうの日記を見たが、書いてない。こんな人の珍らしく来られたのが書いてないようではというので、私の日記は私の信用を失ったのである。

私は大抵お客を居間に通す。その日に限って、どうかして居間が足の踏みどころもないように散らかっていたので、裏庭の方へ向いた部屋に通した。

急いで逢いに出て見ると、長谷川辰之助君は青み掛かった洋服を着てすわっておられた。私の目に移った人は骨格の逞《たくま》しい偉丈夫《いじょうふ》である。浮雲に心理状態がえがかれているような、貧血な、神経質な男ではない。平凡にえがかれているような、いわゆる賃訳をして暮しの助《たすけ》にしている小役人らしい男でもない。

話をする。私にはもちろん隔《へだて》はない。先方も遠慮はしない。まるで初《はじめ》て逢った人のようではない。何を話したか。

**千駄木**　東京都文京区の地名。明治二十三（一八九〇）年頃から数年間住んでいた五十七番地には後に漱石が住むなど、文豪ゆかりの地。

**どうかして**　そのときの都合で。たまたま。

**偉丈夫**　体が立派で、すぐれた男。

**賃訳**　賃金をもらって翻訳をすること。

私は、この自ら設けた問に答えるに先だって、言って置きたい事がある。ここで私はこの人を、どんなにえらくでも、どんなに詰まらなくでもして見せることが出来る。この人をえらくすると同時に、私がそれにおぶさって、失敬だが、それを踏台《ふみだい》にしてえらがることも出来る。この人を詰まらなくして、私のえらさ加減を引立《ひきた》たせることも出来る。ドラマチカルな、巧妙な対話を組み立てることも出来る。そしてこの人はそれに対して何の故障を言うことも出来ない。反駁《はんばく》が出来ない。取消が出されない。

これと同じ場合に、言われたり書かれたりしたことが、世の中には沢山あるだろうと思う。何事でも、それを見聞したという人の伝えは随分たしかなはずである。自らその局に当ったという人の言うことなら、一層確なはずである。

しかしどこの国にも沢山あるメモアルなんぞというものは、用心して読むべきものであろう。意識して筆を曲げたものがあるとすれば、もとより沙汰《さた》の限《かぎり》である。縦令《たとい》それまででなくとも、記憶は余り確なものではない。誰の心にも自分の過去を弁護し修正しようと思う傾向はあるか

反駁　反論。

メモアル　回想録。

ら、意識せずにまず自ら欺いて、そして人を欺くことがある。

何を話したか。

私は小説を書いているのではないということを、まず十分意識の上に喚《よ》び起して置かねばならない。私は亡くなられた人に対して、大いに、大いに謹慎しなくてはならない。

さてそうなって見ると、私の記憶は穴だらけで、到底対話を組み立てることは出来ない。

長谷川辰之助君は、舞姫を訳させてもらって有難いというような事を、最初に云われた。それはあべこべで、お礼は私が言うべきだ、あんな詰まらないものを、好く面倒を見て訳して下さったと答えた。

血笑記《けっしょうき》の事を問うた。あれはもう訳してしまって、本屋の手に廻《まわ》っていると話された。

洋行《ようこう》すると云われた。私は、こういう人が洋行するのはこの上もない事だと思って、うれしく感じて、それは結構な事だ、二十年このかた西洋の様子を見ずにいる私なんぞは、羨《うらや》ましくてもしかたがないと云った。

しばらく話していたが、この人の口からは存外文学談が出ないで、か

**血笑記**　ロシアの作家・アンドレーエフによる小説。二葉亭四迷訳で発表された。
**洋行**　観光や勉学のために欧米へ行くこと。

えって露西亜の国風、露西亜人の性質というような話が出た。露西亜と日本との関係というような事も話頭《わとう》に上った。

一時間まではいないで帰られたように思う。

その後、私は長谷川辰之助君の事は忘れていた。ある日役所から引き掛に、須田町《すだちょう》で、電車の窓へ売りに来る報知新聞の夕刊を買って見た。その夕刊の一面に、長谷川辰之助君の事が二段ばかり書いてある。西洋で肺結核になられて、いよいよ帰郷せられるということであった。

私はそれを読んで、外《ほか》の事は見ずに、新聞を置いて、いろいろな事を考えながら帰った。容態が好くないから帰られるのだとは書いてあった。しかしとにかく、印度《インド》洋を渡っての大旅行をあえてせられるのだから、存外悪性でないのだろうとも思って見た。結核菌の証明せられた肺尖加《はいせんカ》答児《タル》の人にも、すっかり快復して長生をする人もあるなどということを思った。

ある日新小説が来た。小山内薫君の途中という小説が出ている。この頃ちょいちょい人の小説を読むようになっているので、ふとそれを読み出した。途中の主人公も洋行する。露西亜にいて肺結核になる。事実に

**話頭**　話をするきっかけ。

**引き掛**　帰りがけ。

**須田町**　東京都千代田区にあった地名。現在の神田須田町。

**肺尖加答児**　肺尖部に起こる結核の炎症。肺結核の初期症状。

**小山内薫**　劇作家、演出家、小説家。自由劇場、築地小劇場の創始者としても知られる。

拠《よ》ったらしい小説で、長谷川辰之助君とは年代の関係が違うが、その経歴の順序が似ている。私は始終長谷川辰之助君の事を思いながら読んだ。

途中の主人公は、肺結核になって露西亜から帰っても、その後何年か生きていて死んだ。長谷川辰之助君はとうとう故郷に帰りつかずに、かえって途中で亡くなられた。

亡くなられたのは、印度洋の船の中であったそうだ。誰やら新聞で好い死どころだと云った。私にもそういう感じがする。

しかし臨終の折の天候はどうであったか知らない。時刻は何時であったか知らない。船の何処で死なれたか知らない。

私はこういう風に想像することを禁じ得ないのである。病気で欧羅巴《ヨーロッパ》を立たれたのであるから、日本人の乗合《のりあい》のない船には乗られなかったに違いない。病が段々重るので、その同国人はキャビンの病床を離れずに世話をしている。心安くなった外国人も、同舟の夙縁《しゅくえん》で、親切に見舞に来る。露西亜人もその中にいて、おりおり露語で話をする。

或《あ》る夕、海が穏《おだやか》である。長谷川辰之助君はいつもより気分が好いから、どうぞデックの上に連れて行って海を見せてくれいと云われる。側のも

**重る**　病気などが重くなる。
**心安くなった**　親しくなった。
**夙縁**　宿縁。古くからのゆかり。
**デック**　デッキ。船の甲板。

のは案じて留めようとするが、どうしても聴かれない。そこで世話をしている人がようよう納得する。

こういう船には籐《とう》の寝台がある。あれは航海者がこころざす港につくと、船の小使にやってしまう。そうすると、小使がそれを繕《つくろ》って持っていて、次に乗る客に売るのである。あの籐の寝台がデックの上にある。その上へ長谷川辰之助君を連れて行って寝かしてあげる。海が穏である。印度洋の上の空は澄みわたって、星が一面にかがやいている。

程よく冷えて、和《やわら》かな海の上の空気は、病のある胸をも喉をも刺激しない。久し振《ぶり》で胸を十分にひろげて呼吸をせられる。何とも言えない心持がする。船は動くか動かないか知れないように、昼のぬくもりを持っている太洋の上をすべって行く。しばらく仰向《あおむ》いて星を見ていられる。本郷弥生町《ほんごうやよいちょう》の家のいつもの居間の机の上にランプの附《つ》いているのが、ふと画《え》のように目に浮《うか》ぶ。しかしそこへ無事で帰りつかれようか、それまで体が続くまいかなどという余計な考《かんがえ》は、不思議に起って来ない。

長谷川辰之助君はじいっと目を瞑《つむ》っておられた。そして再び目を開かれなかった。

**太洋**　大洋。大海。

**本郷弥生町**　東京都本郷区にあった向ヶ岡弥生町のこと。現在の東京都文京区弥生。

ああ。ついつい少し小説を書いてしまった。しかしこれは私の想像だということをことわって置くのであるから、人に誤解せられることもあるまい。随《したが》って亡くなられた人を累するような虞《おそれ》もあるまい。

**累する** 巻き添えにして迷惑をかける。

## 文理をまたいだ超絶エリート、今は亡き人への述懐。いかめしいイメージとは裏腹のやわらかな優しさがにじむ。

森鷗外。本名、林太郎。文久二（一八六二）年、石見国《いわみのくに》（現在の島根県西部）津和野生まれ。作家でありながら、軍医、官僚という顔を持っている。つまり文学のエキスパートでありながら、医学、政治にも精通していたということである。また明治の知識人らしく漢文の素養があり、ドイツ語などの外国語に堪能だった。だから鷗外の文章は、格式張っていて、漢文調だったり外国語混じりだったりして、ちょっと取っつきにくい。実際「舞姫」は教科書にも長く掲載され、言わずと知れた鷗外のスタンダード・ナンバーだが、あの雅文体で挫折してしまった人も多いのではないだろうか（しかも「舞姫」は鷗外自身を思わせる主人公・豊太郎が留学先のドイツで若い女を妊娠させた挙句捨てる話なので、読みにくさと相まって人によっては印象最悪……!?）。しかし鷗外が雅文体で小説を書くのは初期のことで、その後は口語体でも小説を書くようになる。言文一致運動が起こったからである。そしてその言文一致運動の立役者の一人がこの文章にも書かれている長谷川辰之助、すなわち二葉亭四迷だ。言文一致運動がなければ鷗外の後期の作品もどのようになっていたかわからない。その意味では二葉亭四迷は鷗外にとっても大事な人物である。明治二十七（一八九四）年に日清戦争があり、軍医でもある鷗外は出征している。また明治三十二（一八九九）年から明治三十五（一九〇二）年の間、九州・小倉へ「左遷」されている。このようなライフ・イベントの慌ただしさからか、鷗外には小説をほとんど発表しない二十年近い年月がある。しかし後期は『雁』「阿部一族」『青年』「山椒大夫」「高瀬舟」『渋江抽斎』などの代表作を次々と発表。特にこの頃、鷗外は歴史小説に精力的に取り組んでおり、歴史小説についての考えを示した「歴史其儘《そのまま》と歴史離れ」という随筆も書いた。人との交遊録もある意味歴史だ。もう亡くなってしまって弁明できない人について書いてそれが修正されることもなければ、もしかしたら「歴史」を捻じ曲げることになるかもしれない。何気ない文章にも鷗外の葛藤が見える。

（住本）

列伝

# 国木田独歩

派手な人生じゃなくてもいいじゃない！
誰もが伝記の主役になれる。

# 列伝

国木田独歩

## 緒言

英雄豪傑は花々《はなばな》しき伝記を有す、羨《うらや》ましき伝記を有す、然《しか》り英雄豪傑も伝記を有す、されど伝記を有するものあに独《ひと》り英雄豪傑のみならんや。人間の過去は上帝《じょうてい》の現在なり。人間は忘却の墓に消え行く、されど彼はついに宇宙不磨《ふま》のページより消滅し能《あた》わざるなり。有りし人は有るなり。『後世』は彼を呼んで『有りし人』という。されど上帝は『時』の世界に彼を見ずして、『永遠』の国に彼を置く。有りし人はいかにしても有るなり。彼の肉と骨とは塵《ちり》となるも、灰となるも、苔となるも、石

**緒言**　論説の導入部分のこと。
**あに独り英雄豪傑のみならんや**　英雄や豪傑たちだけだろうか（いやそうではない）。
**上帝**　天の神さまのこと。
**宇宙不磨のページより消滅し能わざるなり**　この世の大切なことを記した本のページから消えることは絶対にありえない。
**青苔と化石とは彼の関する所に非ず。**　緑のコケや化石といった物質的なものは人間の本質にとって無関係なものだ。
**嗚呼人たれか伝記なからんや。**　ああ、誰が伝記にならないだろうか（いやなるに違いない）。
**緑児**　三歳くらいまでの幼児。
**野夫**　田舎者。
**樵夫**　きこり。
**君子**　位の高い人。人格者。
**否む能わず**　否定することはできない。
**プルターク**　現在はプルタ

となるも、塵は塵のみ、灰は灰のみ、彼はついに永久、人として有るなり。青苔《せいたい》と化石とは彼の関する所に非《あら》ず。

嗚呼《ああ》人たれか伝記なからんや。三歳の緑児《みどりご》といえどもその手に鋼鉄の筆を握る。時々刻々、一挙一動、一言一句、『永遠』の冊子に自《みず》からの伝記を書くなり。野夫《やふ》、樵夫《しょうふ》、盲人、悪盗《あくとう》、君子、大人、白人、黒人、悉《ことごと》くこの冊子を否《いな》む能わず。

プルタークが遺《の》こしたる古英雄の列伝は五十個のみ。されどグリーキローマの世界、幾億万の人間は生死せり。吾等《われら》が見るこの月、二千二百二十八年の昔はイサスの野に歴山大帝の甲角を照《てら》したるに相違なし、されど歴山大帝のほかなお数万の鉄騎《てっき》月を仰いでその黒影《こくえい》をイサスの野に印《いん》したるなり。ただそれ幾万の鉄騎と一口《ひとくち》に後世《こうせい》の人は語る、されど数万の彼等実にこの世の生活を営みたる人々にして妻もありき、子もありき、泣きもしたり、笑《わらい》もしたり、罪も行えり、善をも為《な》せり。プルタークは歴山大帝一個の伝記を吾人《ごじん》に与えぬ。されど上帝の簿冊《ぼさつ》には数万の鉄騎個々の列伝ありて今存《そん》す。彼等の一個《ひとり》が盃《はい》を挙げて月に歌いしその歌の一句たりとも永劫《えいごう》に消ゆる事あらじ。よしプルタークはこれを誌《しる》さ

ルコスと表記される古代ギリシャの歴史家。古代偉人の伝記をまとめた『英雄伝』が有名。

**古英雄**　過去の英雄。

**列伝**　複数人の伝記を連ねたもの。ここでは「伝記」と区別することなく（同義で）用いられている。

**グリーキローマ**　ギリシャ・ローマ。

**吾等が見るこの月、二千二百二十八年の昔はイサスの野に歴山大帝の甲角を照したるに相違なし、されど歴山大帝のほかなお数万の鉄騎月を仰いでその黒影をイサスの野に印したるなり。**「歴山大帝」はアレクサンドロス三世のこと、「イサス」は現在はイッソスと表記される地名。アレクサンドロス三世が東方遠征中に行った大きな戦いに「イッソスの戦い」がある。「私たちが見ているこの月は、二千二百二十八年前、イッソスで戦ったアレクサンドロス三世の兜を照らしていたに違

ざりしにせよ。

一握《いちあく》の灰は短命五歳にして逝きし小児の伝記を語り、一介《いっかい》の苔むす石は八十の翁《おきな》が哀楽浮沈《あいらくふちん》の一生を説く、嗚呼伝記を有するものあに独り英雄豪傑のみならんや。

再び繰返《くりかえ》して言う、有りし人はいかにしても有るなり、已《すで》に有るなり、必ず伝記を有す、その英雄たると小人たると貧乏人たると悪漢《あっかん》たると聖人たるとは問う処《ところ》に非ず。

プルタークのみが最大の列伝家ならんや。吾等が今住むこの遊星《ゆうせい》は実に億億億億万人の列伝を蔵《ぞう》す。プルタークその人のペンの音すら明記してこのうちに在り。

地の霊、一夜《いちや》余を導きて世界の隅々《すみずみ》、到らざる処なく、登らざる山なく、過《よ》ぎらざる森なく、渡らざる水なく、すなわち私語《ささや》きて曰く『爾《なんじ》の筆をとれ、わが語る処を誌せ、彼等の肉《しし》を我は受けて、これを土となし、苔となし、石となしぬ。されどその後は知らず。我はただ地に於《お》ける彼等の命運を語らん』と。このごとくにして余が列伝なる。

いないが、それだけでなく数万の騎兵隊の影もまた映していたのだ」くらいの意。

**吾人**　われわれ。

**上帝の簿冊には数万の鉄騎個々の列伝ありて今存す**　神さまの持つ本には数万の騎兵隊一人ひとりの伝記がいまなおある。

**よしプルタークはこれを誌さざりしにせよ。**　もしもプルタルコスがその事実を記さなかったとしても。

**哀楽浮沈の一生**　悲しいことや楽しいこと、浮き沈みのある人の一生。

**悪漢**　悪人。

**遊星**　惑星。ここでは地球のこと。

**このうちに在り**　この地球の中にある。

**一夜余を導きて**　ある夜に私を導いて。

# 繊細過ぎると生きづらい…⁉
# 何でもないことに一々感動を見出す愛すべきロマン野郎。

歴史上の英雄や偉人の人生は伝記になる。対して、この世界には人類に特に貢献することなく無名のまま死んでいく人のほうがずっと多い。でも、彼らにだって、そして凡庸な私たちにだってそれぞれの人生には他に代えがたいユニークな物語がある！　独歩文学はその小さな人生を積極的に拾い上げるところに最大の特徴がある。普通に考えたら超どうでもいい風景や人との出会いをことさらにクローズアップしてみせる「武蔵野」や「忘れえぬ人々」などはその典型だ。背後には平民主義（貴族なんて要らない！）に傾倒した若き日の政治熱を読むことができる。幼名が亀吉、後に哲夫に改名。千葉県は銚子で生を享《う》けたが、父親の仕事の都合で山口県にお引越し。小説のなかに現れる原風景はここから採られたものが多い。中学校を退学したあと、上京と帰郷を繰り返しながら、キリスト教への入信、詩人・ワーズワースの作品との出会いを経て、だんだんと文学への関心を強めていく。最初は詩人を目指していた。冴えない教師業や印刷事業の悪戦苦闘のなかで、やっとワンチャンきたのが、日清戦争下、軍艦に乗り込んで戦争をルポルタージュするという従軍記者の仕事。弟・収二に宛てたという体裁にちなんで「愛弟通信」と名づけられた連載でブレイク、一躍ときの人に。さらに、その戦勝パーティで出会った佐々城《ささき》信子という医者の娘に運命を感じ、強引にアタックする。みごと結婚するに至るものの、独歩の貧乏とDVのせいですぐに離婚。一連の経緯を有島武郎が『或る女』というタイトルで小説化しているが、信子に捨てられてからはいよいよヤケクソが極まり、女というものはどうしようもない連中だという恨み節全開の女子禽獣《きんじゅう》論を唱える。「鎌倉夫人」の未練がましさは必見。やれやれ、これだから男ってやつは！　独歩リアリズムは〈自然主義〉という明治文壇の一大ブームの火つけ役と位置づけられることもあるが、「牛肉と馬鈴薯《ばれいしょ》」や「運命論者」などイマココにはない世界に想いをはせるロマンティシズムの系列の作風もあり、その豊かさは文学史を影で支配している級。世の中うまくいかないムシャクシャを解消するために飲みすぎてしまった大酒のせいで、闘病のかいなく三十六歳の若さで死去。田山花袋とはマブダチ。（荒木）

# 墓

## 正岡子規

こんな終活してみたい⁉
あの世から眺める我亡き世界。

# 墓

正岡子規
落語生

こう生きていたからとて面白い事も無いから、一寸《ちょっと》死んで来られるなら一年間くらい地獄漫遊と出かけて、一周忌の祭の真中《まんなか》へヒョコと帰って来て地獄土産の演説なぞは甚《はなは》だしゃれてる訳だが、しかし死にッきりの引導渡されッきりでは余り有難くないね。けれど有難くないの何のと贅沢をいって見たところで、諸行無常老少不定《ろうしょうふじょう》というので鬼が火の車引いて迎えに来りゃ今夜にも是非とも死ななければならないヨ。明日の晩実は柳橋《やなぎばし》で御馳走になる約束があるのだが一日だけ日延《ひのべ》してはくれまいかと願って見たとて鬼の事だからまさか承知しまいナ。もっとも地獄の沙汰《さた》も金次第というから犢鼻褌《ふんどし》のカクシへおひねりを一つ投げこめば鬼

**落語生**　子規の雅号（ペンネーム）のひとつ。子規は多数の雅号を持つことで知られる。

**老少不定**　人間の寿命は予測できないということ。

**柳橋**　東京都台東区の地名。江戸時代中期から続く花街。

**日延**　延期。

の角も折れない事はあるまいが生憎《あいにく》今は十銭の銀貨も無いヤ。無いとして見りョうかとはしていられない。是非死ぬとなりャ遺言もしたいし辞世の一つも残さなけりャ外聞《がいぶん》が悪いし……………ヤア何だか次の間に大勢よって騒いでいるナ「ビョウキキトク」なんていう電報を掛けるとか何とかいってるのだろう。ナニ耳のそばで誰やら話ししかけるようだ、何かいう事ないか、いう事無いでも無い　借金の事どうかお頼み申すヨ、それきりか、僕は饅頭が好きだから死んだらなるべく沢山盛って供えてもらいたい、それは承知したが辞世は無いか、それサ辞世の歌一首詠もうと思ったが間に合わないから十七字に変えて見たがやはりまだ五字出来ないのだが、五文字出来なけりャ十二字でもよいじゃないか　言って見たまえ、そんなら言って見よか「屁をひって尻をすぼめず」というのだ　何か下五文字つけてくれ、笑ってちゃいけないヨ、それじゃネ萩《はぎ》の花と置いてはどうだ、それャどういう訳だ、どういう訳も無いけれど外に置きようは無しサ　今萩がさかりだから萩の花サ、そんな訳の分《わか》らぬのは困るヨ、じゃ君屁ひり虫というのはどうだ　屁ひり虫は秋の季になってるから、屁をひって尻をすぼめず屁ひり虫か　そいつは余りつまらないじゃないか、つまらないたッて困ったナ　それじゃこれではどうだ屁をひってすぼめぬ穴の芒《すすき》かなサ、少しはよいようだナ、少しよければそれで我慢して置いて安楽に往生《おうじょう》するサ　迷わずにいってくれたまえ、迷ったら帰って来るヨ…………イヤに静かになった。誰やらクシクシ泣いてるようだ。抹香《まっこう》の匂いがしやアガラ。この匂いは生きてる内から余り好きでも無かったが死んで後もやはりよく無いヨ　何だか胸につまるようで。胸につまるといえばからだが窮屈だね。こりャ樒《しきみ》の葉でおれのからだを詰めたに違いない。棺を詰めるのは花にしてくれといって置くのを忘れたから今更仕方が無い。オヤ動き出したぞ。墓地へ行くのだナ。人の足音や車の軋《きし》る音で察するに会葬者は約百人、新聞流でいえば無慮《むりょ》三百人はあるだろう。まずおれの葬式として不足も言えまい。…………

………アアようよう死に心地になった。さっき柩《ひつぎ》を舁《か》き出されたまでは覚えていたが、その後は道々棺で揺られたのと寺で鐘太鼓《かねたいこ》ではやされたので全く逆上してしまって、惜《おし》いかな木蓮《もくれん》屁茶居士《こじ》などというのはかすかに聞えたが、その後は人事《じんじ》不《ふ》省《せい》だった。少し今、ガタという音で始めて気がついたが、いよいよこりゃ三尺地の下に埋められたと見えるテ。

**クシクシ**　哀れげに泣く様子。しくしく。俳句などでまま使われるオノマトペ（擬音語、擬態語）であり、子規はオノマトペを好んで使ったといわれている。
**抹香**　葬式などの仏事で焼香に用いられる粉末状の香。
**樒**　植物。葉は抹香を作るのに用い、枝は仏前に供えるのに使われる。
**無慮**　ざっと。
**ようよう**　ようやく。
**鐘太鼓**　鉦（しょう。金属製の打楽器）と太鼓。
**人事不省**　大病や重症で意識を失うこと。
**三尺**　一尺は約三十センチメートル、三尺は約九十センチメートル。

静かだッて淋しいッてまるで娑婆《しゃば》でいう寂寞《せきばく》だの蕭森《しょうしん》だのとは違ってるよ。地獄の空気はたしかに死んでるに違い無い。ヤ音がするゴーというのは汽車のようだがこれが十万億土を横貫《おうかん》したという汽車かもしれない。それなら時々地獄極楽を見物にいって気晴らしするもおつだが、しかし方角が分らないテ。滅多に闇の中を歩行《ある》いて血の池なんかに落ちようものなら百年目だ、こんな事なら円遊《えんゆう》に細《くわ》しく聞いて来るのだッた。オヤ梟《ふくろう》が鳴く。何でも気味のよい鳥とは思わなかったが、道理で地獄で鳴いてる鳥じゃもの。今日は弔《とむら》われのくたびれで眠くなって来た………もう朝になったかしら、少し薄あかるくなったようだ。誰かはや来ているよ。ハア植木屋がかなめを植えに来たと見える。しかしゆうべまであった花はどうしたろう、生花も造花もなんにも一つも無いよ。何やら盛《もり》物《もの》もあったがそれも見えない。きっと乞食《こじき》が取ったか、この近辺《きんぺん》の子が持っていったのだろう。これだから日本は困るというのだ。社会の公徳というものが少しも行われておらぬ。西洋の話を聞くと公園の真中に草花がつくってある。それには垣《かき》も囲いもなんにも無い。多くの人はその傍《わき》を散歩している。それでもその花一つ取る者は仮にも無い。どんな子

**娑婆**　人間の住む世界。この世。
**寂寞**　ひっそりとしてもの寂しい様子。寂寞。じゃくまく。
**蕭森**　木々が並んでもの寂しいさま。
**十万億土**　この世から極楽までの間にある、仏の住む広々とした土地。
**横貫**　横断。
**百年目**　運のつき。終わり。落語の演目に由来する。
**円遊**　三代目（初代ともいわれる）三遊亭円遊のこと。落語家。
**はや**　もう。
**かなめ**　カナメモチの略。植物。庭木、特に生垣に用いる。
**盛物**　お供えもの。
**公徳**　社会生活において守るべき道徳。

供でも決して取るなんという事は無いそうだ。それが日本ではどうだ。白壁があったら楽書《らくがき》するものときまっている。道端や公園の花は折り取るものにきまっている。もし巡査がいなければ公園に花の咲く木は絶えてしまうだろう。ことに死人の墓にまで来て花や盛物を盗む。盗んでも彼等は不徳義とも思やせぬ。むしろ正当のように思ってる。いかに無教育の下等社会だって……………しかし貧民の身になって考《かんがえ》て見るとこの窃盗罪の内に多少の正理が包まれていない事も無い。墓場の鴉《からす》の腸《はらわた》を肥《こや》す程の物があるなら墓場の近辺の貧民を賑わしてやるがよいじゃないか。貧民いかに正直なりともおのれが飢える飢えぬの境《さかい》に至って墓場の鴉に忠義だてするにも及ぶまい。花はとにかく、供え物を取るのは決して無理では無い。西洋の公園でも花だから誰も取らずに置くがもしパンを落《おと》して置いたらどうであろう。きっとまたたく間に無くなってしまうに違いない。して見れば西洋の公徳というのも有形的であって精神的では無い……………ヤ大勢来やがった。誰かと思えばやはりきのうの連中だ。ア深切《しんせつ》なものだ。皆くたびれているだろうけれどそれにも構わず墓の検分に来てくれたのだ。実に有り難い。諸君。諸君には見えないだろうが

**不徳義**　道徳や義理に反していること。

**正理**　正しい道理。

**深切**　親切。

**検分**　立ち会って調べること。

僕は草葉の陰から諸君の厚誼《こうぎ》を謝しているよ。去る者は日々に疎《うと》しといってなかなか死者に対する礼はつくされないものだ。僕も生前に経験がある。死んだ友達の墓へ一度参ったきりでその後参ろう参ろうと思っていながらとうとう出来ないでしまった。僕は地下から諸君の万歳を祈っている。………今日は誰も来ないと思ったら、イヤ素的《すてき》な奴が来た。蘭麝《らんじゃ》の薫りただならぬという代物《しろもの》、オヤ小つまか。小つまが来ようとは思わなかった。なるほど娑婆にいる時に爪弾《つまびき》の三下《さんさが》りか何かで心意気の一つも聞かした事もある　聞かされた事もある。忘れもしないが自分の誕生日の夜だった。もう秋の末で薄寒い頃に袷《あわせ》に襦袢《じゅばん》で震えているのに、どうしたかいくら口をかけてもお前は来てくれず、夜はしみじみと更ける寒さは増す、独りグイ飲みのやけ酒という気味で、もう帰ろうと思ってるとお前がちょうどやって来たから狸寝入《たぬきねいり》でそこにころがっていると、オ前がいろいろにしておれを揺り起したけれどおれは強情に起きないでいた。すると後にはお前の方で腹立って出ていこうとするから、今度はこっちから呼びとめたが帰って来ない。とうとうおかみの仲裁でやっとお前が出て来てくれた時、おれがあやまったら、お前が気の毒がって、

**厚誼**　厚いよしみ。親交。
**謝して**　感謝して。
**蘭麝の薫り**　蘭の花とじゃ香（雄のジャコウジカの腹部にある香嚢から得られる分泌物を乾燥したもの）の香り。非常によい香りのことを指す。
**小つま**　女性の名前と思われる。しかし子規は生涯独身で女性関係もよくわかっていない。お陸（ろく）や阿清（おせい）など、交流のあった女性として数名の名前が挙がっているが、その中に「小つま」という名前はなく、行きずりの女性か架空の人物と思われる。「爪弾」「おかみ」という語から芸者のような人物であることがうかがわれる。
**爪弾**　三味線を（ばちを使わず）指先で弾くこと。
**三下り**　三味線の調子のひとつ。本調子の第三弦の音を下げたもの。
**袷**　裏地の付いた着物。
**襦袢**　和服の下に着る肌着。

あなたほんとうにあやまるのですか、それでは私がすみません、私の方からあやまります、というので、ジッと手を握られた時は少しポッとしたよ。地獄ではノロケが禁じてあるから深くはいわないが、あの時はほんとうにもう命もいらないとまで思ったね。したがお前の心を探って見ると、一旦は軽はずみに許したが男のいう言は一度くらいではあてにならぬと少し引きしめたように見えたので、こちらも意地になり、女の旱《ひでり》はせぬといったような顔して、疎遠になるとなく疎遠になっていたのだが、今考えりゃおれが悪かった。お前が線香たててくれるとは実に思いがけなかった。オヤまた女が来た。小つまの連《つれ》かと思ったら白眼みあいにすれ違った。ヤヤヤみイちゃんじゃないか。今日はまアどうしたのだろう。みイちゃんに逢っては実に合す顔が無い。みイちゃんも言いたい事があるであろう。こちらも話したい事は山々あるがもう話しする事の出来ない身の上となってしまった。よし話が出来たところが今更いってもみんな愚痴に堕ちてしまう。いわばいうだけ涙の種だからなんにもいわぬ。ただここからお詫びをするまでだ。みイちゃんの一生を誤ったのは僕だ。まだ肩あげがあって桃《もも》われがよく似あうと人がいったくらいの

**したが**　そうしたが。

**女の旱**　女が少なくて、男が女に不自由すること。

**白眼みあい**　怒った目、冷たい目で見合うこと。

**よし**　たとえ。かりに。

**肩あげ**　子どもの着物を大きめに仕立て、肩の部分の生地をつまみ上げて縫った部分。成長に合わせて着物の丈を調整できる。

**桃われ**　明治の頃から昭和にかけて町人の娘に流行した日本髪の髪型のひとつ。桃を二つに割ったように髷を結う。

無垢清浄《むくせいじょう》玉のごときみイちゃんを邪道に引き入れた悪魔は僕だ。悪魔、悪魔には違いないがしかしその時自分を悪魔とも思わないしまたみイちゃんを魔道に引き入れるとも思わなかった。此間《こないだ》の消息を知ってる者は神様と我々二人ばかりだ。人間世界にありうちの卑《いや》しい考《かんがえ》は少しもなかったのだから罪は無いような者であるが、そこにはいろいろの事情があって、一枚の肖像画から一編の小説になる程の葛藤が起ったのである。その秘密はまだ話されない。恐らくはいつまでたっても話さるる事はあるまい。かようの秘密がいくつと無くこの墓地の中に葬られているであろうと思うと、それを聞きたくもあるし、自分のも話したいが、話して後にもし生き還ると義理が悪いからやはり秘密にしておくもよかろう。とにかく今日は艶福《えんぷく》の多い日だッた。……………………日の立つのは早いものでもう自分が死んでから一周忌も過ぎた。友達が醵金《きょきん》して拵《こしら》えてくれた石塔《せきとう》も立派に出来た。四角な台石の上に大理石の丸いのとは少《ち》としゃれ過ぎたがなかなか骨は折れている。彼等が死者に対して厚いのは実に感ずべき者だ。が先日ここで落ちあった二人の話で見ると、石塔は建てたが遺稿は出来ないという事だ。本屋へ話したが引き受けるという

**無垢清浄**　清浄無垢。煩悩から離れて、汚れがなく清らかなこと。
**魔道**　異端の道。堕落の道。
**ありうち**　ありがち。
**艶福**　異性から慕われ、モテること。
**醵金**　金を出し合うこと。

者は無し、友達から醵金するといっても今石塔がやっと出来たばかりでまた金出してくれともいえず、来年の年忌にでもなったらまた工夫もつくであろうという事であった。何だか心細い話ではあるがしかし遺稿を一年早く出したからって別に名誉という訳でも無いから来年でも出来さえすりゃ結構だ。しかし先日も鬼が笑っていたから気にならないでもないがどうせ死んでから自由は利かないサ　ただあきらめているばかりだ。時に近頃隣の方が大分騒がしいが何でも華族か何かがやって来たようだ。華族といや大そうなようだが引導一つ渡されりャ華族様も平民様もありゃアしない。妻子《さいし》珍宝《ちんぽう》及《および》王位《おうい》、臨命終時不随者《めいじゅうのときにのぞみてしたがわず》というので御釈迦様《おしゃかさま》はすました者だけれど、なかなかそうは覚悟してもいないから凡夫《ぼんぷ》の御台《みだい》様や御姫《おひめ》様はさぞ泣きどおしでおられるであろう。可哀想に、華族様だけは長いきさせてあげてもよいのだが、死に神は賄賂《わいろ》も何も取らないから仕方がない。華族様なんぞは平生《へいぜい》苦労を知らない代りに死に際なんて来たらうろたえた事であろう。可哀想だが取り返しもつかないサ。正三位勲二等などと大きな墓表を建てたッて土の下三尺下りゃ何のききめもあるものでない。地獄では我々が古参だから頭下げて来るなら地獄の案

**華族**　明治時代から戦後まで存在した、特権を持つ身分。
**妻子珍宝及王位、臨命終時不随者**　妻子も珍しい宝も王の位も、命が尽きて人生が終わるときにはあの世には持っていけない。
**凡夫**　煩悩にとらわれた人。平凡な人。
**御台様**　奥方様。通常は大臣や将軍の妻に対し使われる。
**平生**　普段。

内教えてやらないものでも無いが、生意気に広い墓地を占領して、死んで後までも華族風を吹かすのは気にくわないヨ。元来墓地には制限を置かねばならぬというのが我輩《わがはい》の持論だが、今日のように人口が繁殖して来る際に墓地のごとき不生産的地所が殖《ふ》えるというのは厄介極まる話だ。何も墓地を広くしないからッて死者に対する礼を欠くという訳は無い。華族が一人死ぬると長屋の十軒も建つ程の地面を塞《ふさ》げて、甚だけしからん、といって独り議論したッて始まらないや。ドレ一寝入しようか。……………アア淋しい淋しい。この頃は忌日《きじつ》が来ようが盂蘭盆《うらぼん》が来ようが誰一人来る者も無い。最もここへ来てから足かけ五年だからナ。遺稿はどうしたかしらん　大方出来ないのは極《きま》ってる。誰も墓参りにも来ない者が遺稿の事など世話してくれる者は無い。お隣の華族様ももう大分地獄馴れて蚯蚓《みみず》の小便の味も覚えられたであろう。淋しいのは少しも苦にならないけれど、人が来ないので世上の様子がさっぱり分らないには困る。友だちは何としているかしらッ。小つまは勤めているならもういいかげんの婆さんになったろう。みイちゃんは婚礼したかどうかしらッ。市区改正はどれだけ捗取《はかど》ったか、市街鉄道は架空蓄電式になったか、そ

**忌日**　命日。
**盂蘭盆**　お盆のこと。

**市区改正**　明治時代に東京で始まった、大規模な都市計画。

れとも空気圧搾式になったかしらッ。中央鉄道は連絡したかしらッ。支那問題はどうなったろう。藩閥《はんばつ》はもう破れたかしらッ。元老も大分死んでしまったろう。自分が死ぬる時は星の全盛時代であったが今は誰の時代かしらッ。オー寒い寒い何だかいやに寒くなってきた。どこやらから娑婆の寒い風を吹きつけて来る。先日の雨にここの地盤が崩れたと見えて、こおろぎの声が近く聞えるのだが誰も修理に来る者などはありゃしない。オヤ誰か来やがった。夜になってから詩を吟じながらやって来るのは書生に違いないが、オヤおれの墓の前に立って月明りに字を読んでいやがるな。気障《きざ》な墓だなんて独り言《ごと》いっていやがらア。オヤ恐ろしい音をさせアがった。石塔の石を突きころがしたナ。失敬千万《せんばん》ナ。こんな奴がいるから幽霊に出たくなるのだ。一寸《ちょっと》幽霊に出てあいつをおどかしてやろうか。しかし近頃は欲の深い奴が多いから、幽霊がいるなら一つふんじばって浅草公園第六区に出してやろうなんていうので幽霊捕縛に歩行いているのかもしれないから、うっかり出られないが、失敬ナ、悠々《ゆうゆう》と詩を吟じながらいってしまやがった。この頃ここへ来る奴にろくな奴は無いよ。きのうも珍らしく色の青い眼鏡かけた書生が来て何か頻《しき》

**支那問題**　日清戦争の敗北により弱体化が露呈した中国を列強が分割して占領・統治しようとしていた問題。子規は日清戦争に記者として従軍したため関心が高かったと思われる。

**藩閥**　明治維新を担った藩の出身者がつくった派閥。

**元老**　明治維新後の藩閥有力者による非公式な組織。天皇の相談役のような集団。

**星**　星亨のことと思われる。政治家。

**書生**　学生。

**ふんじばって**　「しばって」の強調語。

**浅草公園第六区**　東京都台東区浅草にある歓楽街。当時は見せ物小屋などの大衆演芸が盛んだった。

りに石塔を眺めていたと思ったら、今度或る雑誌に墓という題が出たのでその材料を捜しに来たのであった。何でも今の奴はただは来ないよ。たまにただ来た奴があると石塔をころがしたりしやアがる。始末にいけない。オー寒いぞ寒いぞ。寒いッてもう粟粒《あわつぶ》の出来る皮も無しサ。身の毛がよだつという身の毛も無いのだが、いわゆる骨にしみるというやつだネ。馬鹿に寒い。オヤオヤ馬鹿に寒いと思ったら、あばら骨に月がさしていらア。

子規

僕が死んだら道端か原の真中に葬って土饅頭《どまんじゅう》を築いて野茨《のいばら》を植えてもらいたい。石を建てるのはいやだが已《や》む無くば沢庵石《たくあんいし》のようなごろごろした白い石を三つか四つかころがして置くばかりにしてもらおう。もしそれも出来なければ円形か四角か六角かにきっぱり切った石を建ててもらいたい。かの自然石という薄ッぺらな石に字の沢山彫ってあるのは大々嫌いだ。石を建てても碑文だの碑銘だのいうは全く御免蒙《こうむ》りたい。句や歌を彫る事は七里ケッパイいやだ。もし名前でも彫るならなるべく字数を少《すく》なくして悉《ことごと》く篆字《てんじ》にしてもらいたい。楷書いや。仮名《かな》はなおさら。

**土饅頭**　土を丸く盛り上げて作った墓。
**野茨**　野ばら。

**碑銘**　碑に刻まれた言葉。
**七里ケッパイ**　「七里結界」のなまり。人や物事を嫌って近づけない、寄せつけないこと。
**篆字**　篆書体の文字。実印や碑文などに使われる。

## 自分の死さえ、明るく正面から見据えて。早逝の傑出した才能が遺した、死を飛び越える息吹。

俳句、短歌、随筆において評価の高い正岡子規。本名、常規《つねのり》。幼名、処之助《ところのすけ》、升《のぼる》。というといかにもマルチな才能を持っていたみたいだが、俳句に行き着くまでに子規はかなり迷走している。自由民権運動に触発され少年時代には政治を志していたが、挫折して哲学へ。そこから美学へ。そして文学にいたる。最初は小説を書いて幸田露伴に批評を乞うなどするも、評価はイマイチ。そんな子規が俳句に本格的にのめりこんでいったのは、自ら志願して従軍した日清戦争からの帰国途中で喀血《かっけつ》し、療養のために故郷・松山に帰ってからのことだった。ここで子規は俳句誌『ホトトギス』を創刊。その後東京・根岸に居を移し、句会や歌会を精力的におこない、膨大な数の俳句、短歌を量産する。また「俳諧大要」や「歌よみに与ふる書」などの俳論、歌論も次々に発表した。しかし結核および脊椎カリエスの病状はどんどん悪化していく。その病と伴走するように書かれるのが、「墨汁一滴」「病牀六尺《びょうしょうろくしゃく》」「仰臥漫録」などの随筆や日記である。子規は明治三十五（一九〇二）年に三十五歳の若さで亡くなるから、明治三十二（一八九九）

年に書かれたこの文章は亡くなる三年前のものなのだが、この頃になると子規は自身の死を意識するあまり（？）、時にはその死を先取りしたような文章も書いている。俳句において観念的な〈月並〉を批判し〈写生〉を提唱した子規だが、自らの死さえも客観的に描写したいと思ったのだろうか、その気持ちが自らの死を、ついつい追い越してしまうのである。それは自分の埋葬の仕方に思いを馳せた「死後」という随筆や、「糸瓜サヘ仏ニナルゾ後《おく》ルゝナ」という句にも表れている。子規の随筆はどれも、病気のつらさ、苦しさを正面から綴ったものでさえ、明るくユーモラスで生命力にあふれている。まるで死んでも死ななそうな感じ、死後すら生きてみせると言わんばかりの迫力だ。子規自身は早逝したが、子規の仕事は高山虚子などの多くの弟子たちに受け継がれ、『ホトトギス』や『アララギ』などの雑誌が長く続いたのもなんだか納得である。ちなみに大学予備門時代からの友人・夏目漱石も、子規の死後『ホトトギス』に『吾輩は猫である』『坊っちゃん』を寄稿した。

（住本）

# おわりに

本書は近代文学の作家、いわゆる文豪と呼ばれるような人々を身近に感じてもらおうというコンセプトのもとにつくられました。今回、作家の偉大さや天才エピソードではなく、どちらかというと生活感あふれた、作家の器の小ささがかえって愛しく感じられる文章を選ぶことができて大変うれしく思っています。小説や詩歌を読むと「どうやったらこんな作品が書けるのだろう」と驚嘆するばかりのわたしですが、エッセイを読むと「作家も人間で、それぞれ人生があるのだな」と、さらにびっくりします。昨今ＡＩの文章生成能力がめざましく、ＡＩを利用した文学賞もはじまっていますが、これまでの小説は人間が書いてきた。これは何度でも驚くべき事実だと思います。

実はわたしは、長らく「作家も人間なのだ」ということを感じさせないような小説がいい小説だと思っていました。性別のない、年齢不詳の、金に困ったり人に媚びたりしない非人間的で超越的な文章こそがすばらしいと。だから長らく、作家の生活や人生にはあまり興味を持てなかった……というか、持っちゃいけないような気がしていたのです。

でも実際に作家のエッセイや日記を読みながら選んでいくなかで、小説とは違った魅力があることに気づいてきました。それは小説とは正反対の魅力と言ってもいいかもしれません。小説が作家の想像力を自由に羽ばたかせて理想を追い求めているとすれば、エッセイや日記は作家がひとりの人間として全然自由じゃない現実と奮闘している。

たとえば宮本百合子の「夫婦が作家である場合」は自身が女性であるということの実感がなければ、書かれなかったでしょう。江戸川乱歩の「酒とドキドキ」は年齢を重ねた身体的な実感と折り合いをつけるような文章でした。他にも、原稿料の記述に生活を、止まらない悪口に人格を感じさせる文章の数々……自由も理想もあったもんじゃなかった。

でも、わたしたちの人生や生活も全然自由じゃないし、理想的じゃない。もちろん楽しいことや希望が見えるようなこともあるけれど、どうしてこの性別に生まれたのかなあとか、ずっと若いままでお金がたくさんあれば何でもできるのになあとか、こんなに性格も歪まなかったのにとか、いろいろ不満はあるし考えてしまいます。作家も同じようにさまざまな制約や条件を抱えながら、ひとりの人間として生きながら、作品を書いてきたのではないか。むしろそのような制約や条件に対する悶々とした気持ちこそ、理想を自由に語る原動力だったのではないか。そう考えると小説や詩歌などの作品の見方も変わるような気がします。

今後はＡＩが書いた小説が広く読まれることもあるでしょう。以前のわたしなら、年齢も性別もないＡＩが書いた小説を、諸手を挙げて歓迎したと思います。けれどわたしは人間が書いた文章を読みたい。特にエッセイや日記はやはり人生を背負った人間に書いていてほしい。エッセイを選んでそれに付す文章を書いたいま、わたしはそう思っています。

最後になりましたが、共著者の荒木優太さんと自由国民社の上野茜さんに心より感謝いたします。無事刊行の運びとなり、安堵しています。

そして読者の皆さまへ。本書を手に取ってくださり、本当にありがとうございます。本書を通して、文学の世界がますます広がっていくとしたら、こんなにうれしいことはありません。

住本麻子

◆出典

**鷺と鴛鴦　芥川龍之介**
『芥川龍之介全集　第七巻』岩波書店（一九七八年）。初出：『女性』、大正十三（一九二四）年七月

**悶悶日記　太宰 治**
『太宰治全集11』筑摩書房（一九九九年）。初出：『文芸』、昭和十一（一九三六）年六月

**樺太通信（抄）　岩野泡鳴**
『岩野泡鳴全集　第十五巻』臨川書店（一九九七年）。初出：『東京二六新聞』、明治四十二（一九〇九）年六月二十九日から九月七日まで

**自慢山ほど　横光利一**
『定本　横光利一全集　第十四巻』河出書房新社（一九八八年）。初出：『随筆』、大正十三（一九二四）年九月

**恋した女先生**
『田村俊子全集　第五巻』ゆまに書房（二〇一三年）。初出：『女の世界』、大正四（一九一五）年十月

**古い覚帳について　林 芙美子**
『林芙美子全集　第十九巻　文学的自叙伝』新潮社（一九五二年）。初出：『文芸首都』、昭和八（一九三三）年十一月

**「下女」と「循環小数」　小林多喜二**
『定本　小林多喜二全集　第九巻』新日本出版社（一九七一年）。初出：『新樹』、大正十五（一九二六）年五月

**よもぎうにっ記　樋口一葉**
『全集　樋口一葉③　日記編〈復刻版〉』小学館（一九九六年）。

**雑談のおり　田山花袋**
『定本　花袋全集　第二十六巻』臨川書店（一九九五年）。初出：『文章世界』、明治四十（一九〇七）年十一月十五日

**夫婦が作家である場合　宮本百合子**
『宮本百合子全集　第十二巻』新日本出版社（二〇〇一年）。初出：『行動』、昭和九（一九三四）年十二月

**たそがれの味　泉　鏡花**
『鏡花全集　巻二十八』岩波書店（一九七六年）。初出：『早稲田文学』、明治四十一（一九〇八）年三月

**人の子の親となりて　坂口安吾**
『定本　坂口安吾全集　第十三巻』冬樹社（一九七一年）。初出：『キング』、昭和二十九（一九五四）年四月

**入社の辞　夏目漱石**
『夏目漱石全集　第四巻　虞美人草他』角川書店（一九七八年）。初出：『朝日新聞』、明治四十（一九〇七）年五月三日

**巴里のむす子へ　岡本かの子**
『岡本かの子全集　第十三巻』冬樹社（一九七六年）。初出：『新女苑』、昭和十二（一九三七）年四月

**「泉」を創刊するにあたって　有島武郎**
『有島武郎全集第九巻』筑摩書房（一九八一年）。初出：『泉』、大正十一（一九二二）年十月

**酒とドキドキ　江戸川乱歩**
『江戸川乱歩　全集　第二十二巻　わが夢と真実』講談社（一九八〇年）。初出：『酒』、昭和三十一（一九五六）年十一月

**児を亡くして　与謝野晶子**
『若き友へ』白水社（一九一八年）。初出：『太陽』、大正六（一九一七）年十月

**長谷川辰之助　森　鷗外**
『鷗外全集　第二十六巻』岩波書店（一九七三年）。初出：『二葉亭四迷』易風社、明治四十二（一九〇九）年八月

**列伝　国木田独歩**
『定本　国木田独歩全集　第一巻』学習研究社（一九七八年）。初出：『国民新聞』、明治二十八（一八九五）年六月十五日

**墓　正岡子規**
『子規全集 第十二巻 随筆二』講談社（一九七五年）。初出：『ホトトギス』、明治三十二（一八九九）年九月

・漢字を新字体に変更した箇所、旧仮名遣いを現代仮名遣いに変更した箇所等、表記を改めた箇所があります。
・振り仮名について、現代仮名遣いに変更した箇所、原典になく文脈より適当と考えられるものを付した箇所があります。
・現代とは送り仮名が異なる箇所がありますが、原則として原典を尊重しています。
・現代の観点では差別的な表現・語句が使われている箇所がありますが、原作の独自性・文化性を踏まえ、そのまま収録しました。

## ◆参考文献

『芥川龍之介（新文芸読本）』河出書房新社（一九九〇年）
『新潮日本文学アルバム19　太宰治』新潮社（一九八三年）
『太宰治大事典』勉誠出版（二〇〇五年）
『太宰治研究　18』和泉書院（二〇一〇年）
『新文芸読本　太宰治』河出書房新社（一九九〇年）
『文芸読本　太宰治』河出書房新社（一九七五年）
『太宰治　生涯と文学』筑摩書房（一九九八年）
『太宰治研究　17』和泉書院（二〇〇九年）
『岩野泡鳴伝』舟橋聖一著　角川書店（一九七一年）
『新潮日本文学アルバム43　横光利一』新潮社（一九九四年）
『文芸読本　横光利一』河出書房新社（一九八一年）
『横光利一の文学世界』翰林書房（二〇〇六年）
『田村俊子――この女の一生』瀬戸内晴美著　角川文庫（一九六四年）
『日本文学アルバム20　林芙美子』筑摩書房（一九五六年）
『新潮日本文学アルバム34　林芙美子』新潮社（一九八六年）
『KAWADE夢ムック　文藝別冊（総特集：林芙美子）』河出書房新社（二〇〇四年）
『小林多喜二――21世紀にどう読むか』ノーマ・フィールド著　岩波新書（二〇〇九年）
『新潮日本文学アルバム3　樋口一葉』新潮社（一九八五年）
『完全現代語訳　樋口一葉日記』高橋和彦訳　アドレエー（一九九三年）
『自然主義作家　田山花袋』小林一郎著　新典社（一九八二年）
『泉鏡花（新文芸読本）』河出書房新社（一九九一年）

『新潮日本文学アルバム35　坂口安吾』新潮社（一九八六年）
『定本　坂口安吾全集　第十三巻』冬樹社（一九七一年）
『文芸読本　坂口安吾』河出書房新社（一九七八年）
『坂口安吾全集　14』筑摩書房（一九九九年）
『クラクラ日記』坂口三千代著　ちくま文庫（一九八九年）
『安吾と三千代と四十の豚児と』坂口綱男著　集英社（一九九九年）
『夏目漱石（新文芸読本）』河出書房新社（一九九〇年）
『新潮日本文学アルバム44　岡本かの子』新潮社（一九九四年）
『新潮日本文学アルバム41　江戸川乱歩』新潮社（一九九三年）
『江戸川乱歩大事典』勉誠出版（二〇二一年）
『怪人　江戸川乱歩のコレクション』新潮社（二〇一七年）
『コレクション・モダン都市文化　第15巻　エロ・グロ・ナンセンス』島村輝編　ゆまに書房（二〇〇五年）
『江戸川乱歩ワンダーランド　新装版』沖積舎（二〇〇三年）
『与謝野晶子（新文芸読本）』河出書房新社（一九九一年）
『新潮日本文学アルバム1　森鷗外』新潮社（一九八五年）
『日本文学アルバム5　森鷗外』筑摩書房（一九五四年）
『文芸読本　森鷗外』河出書房新社（一九七六年）
『国木田独歩――人と作品』坂本浩著　有精堂（一九六九年）
『新潮日本文学アルバム21　正岡子規』新潮社（一九八六年）
『文芸読本　正岡子規』河出書房新社（一九八二年）
『国文学　解釈と鑑賞』（特集：正岡子規　没後百年）至文堂（二〇〇一年十二月）
『国文学　解釈と鑑賞』（特集：正岡子規の世界）至文堂（一九九〇年二月）

荒木優太

一九八七年、東京都生まれ。
在野研究者。
明治大学大学院文学研究科日本文学専攻博士前期課程修了。
二〇一五年、第五十九回群像新人評論賞優秀賞を受賞。
著書に
『これからのエリック・ホッファーのために』（東京書籍）、
『有島武郎』（岩波新書）、
『サークル有害論』（集英社新書）など。
編著に『在野研究ビギナーズ』（明石書店）がある。

住本麻子

一九八九年、福岡県生まれ。
ライター。
早稲田大学文学研究科日本語日本文学コース修士課程修了。
文芸誌を中心に、インタビューや対談の構成、批評などを執筆。
二〇二三年二月号より『文學界』で新人小説月評を担当。

文豪悶悶日記

二〇二三年九月十九日　初版第一刷発行

編著者　荒木優太
　　　　住本麻子
デザイン　吉村朋子
イラスト　大前純史
編　集　上野　茜
発行者　石井　悟
発行所　株式会社　自由国民社
〒一七一－〇〇三三　東京都豊島区高田三－十－十一
電話　〇三－六二三三－〇七八一（営業部）
　　　〇三－六二三三－〇七八六（編集部）
https.://www.jiyu.co.jp/
印刷所　八光印刷株式会社
製本所　新風製本株式会社